BLO

24

© 2022 Neri Pozza Editore, Vicenza
ISBN 978-88-545-2496-5

Il nostro indirizzo internet è: www.neripozza.it

# CARMEN VERDE

# UNA MINIMA INFELICITÀ

NERI POZZA EDITORE

*Ad Anna, a Lorenza,*
*al vostro impossibile non esserci piú.*

Dio è l'altezza suprema. Dio è l'Altissimo.
Non è spaventoso?

Nelle fotografie sediamo sempre vicine, io e mia madre: lei pallida, a disagio, con uno sguardo che pare scusarsi.

A quei tempi pregava ancora Dio che le mie ossa si allungassero. Ma Dio non c'entrava. Se ci vuole ostinazione per non crescere, io ne avevo anche troppa.

Non pensai mai di essere brutta. Né dubitai mai di assomigliare a mia madre, pur non avendo le sue caviglie sottili, le sue proporzioni eleganti. La nostra era una somiglianza ingannevole, incomprensibile: il genere di somiglianza che stringe il cuore di chi arriva a riconoscerla.

Nei cinque anni delle elementari venne a prendermi a scuola ogni giorno. La finestra della mia classe affacciava sulla strada, cosí che fra il mio banco e la panchina su cui lei sedeva, in attesa, c'erano non piú di cinquanta metri in linea d'aria. Ero felice quando la scorgevo di là dal vetro, anche se subito mi prendeva il timore, l'angoscia quasi, che decidesse di andarsene e lasciarmi lí da sola. Non ho mai creduto che mia madre mi spettasse di diritto.

D'inverno, nei giorni di vento, la polvere della strada le si attaccava alle calze di seta, al cappotto color cammello, ai capelli cosí lisci da sembrare di velluto. Ai primi di giugno, quando cominciava a far caldo, se ne stava in piedi sotto l'ombra del tiglio al centro della piazza. Se resta, mi vuole bene, mi dicevo. Dal banco non riuscivo a vederla (le imposte erano accostate, per via del sole) e allora la mia inquietudine aumentava, al punto che, quando mancavano cinque minuti all'uscita, non avevo piú nessuna speranza di ritrovarla. E invece era lí, al solito posto. Sí, Sofia Vivier era una brava mamma.

Il tragitto che facevamo per tornare a casa, a piedi, cambiava sempre. Poteva capitare che, per coprire la stessa distanza, un giorno impiegassimo dieci minuti e quello dopo piú di un'ora. A ogni incrocio mi lasciavo ingannare dalla sicurezza con cui prendeva immancabilmente la direzione sbagliata. Certe volte arrivavamo fino alla periferia della città, per poi tornare indietro; altre, in modo assolutamente irragionevole, ci ritrovavamo a percorrere viottoli di campagna, tra coltivazioni di tabacco e pomodori, da cui saliva un forte odore di letame. Faticavo a starle dietro, con le mie gambe corte. Lei si guardava spesso intorno, nervosa. Quando scorgeva un'automobile in fondo alla strada, affrettava il passo come per provare a raggiungerla. All'epoca ignoravo perché lo facesse, né capivo la delusione nel suo sguardo quando ritrovavamo finalmente la via di casa.

Durante la settimana papà non tornava per pranzo, e cosí potevamo rientrare anche tardi. Passavamo dall'ingresso sul retro, un vecchio portone di legno, con il quale mamma armeggiava a lungo.

«Perché non entriamo dal cancello?» le chiesi una volta.

«No, no, ecco fatto» rispose, spingendo con forza la chiave nella grande serratura, finché il portone si aprí, con un lamento di cardini arrugginiti.

«Vedi, Annetta? È solo questione di pazienza». E subito arrossí, come se mi stesse confidando qualcosa di indecente.

La tavola era già apparecchiata; il poco cibo, ormai freddo, già nei piatti. Mamma preparava tutto prima di uscire: decisione insensata, vista l'ora alla quale rientravamo, ma si sforzava di essere una brava madre. Si calava nel ruolo con caparbietà, senza sentirsene mai veramente all'altezza. (A quei tempi era ancora lei a occuparsi della casa.)

Di quei nostri pranzi segreti, consumati fuori tempo, ricordo ogni cosa. Le pareti chiare della sala, i lembi ricamati della tovaglia, la sontuosa messa in scena, sempre la stessa: con i piatti di porcellana, i bicchieri di cristallo, le posate d'alpacca, il vassoio d'argento, il centrino bianco con sopra due sottilissime fette di pane.

Sedevamo una di fronte all'altra, alle estremità del lungo tavolo di ciliegio: io su tre cuscini, per arrivare meglio al piatto. Nel suo bicchiere c'era cognac (sul bordo rimaneva sempre una macchia di rossetto), nel mio gazzosa. A volte le sfuggiva una lacrima, che subito asciugava, cercando di sottrarsi al mio sguardo. Altre volte capitava che gli occhi le si inumidissero senza che se ne accorgesse: le lacrime allora gocciolavano calde nel piatto e lei inconsapevolmente le ingoiava, insieme a un'oliva o a una tartina.

Finito di mangiare, sparecchiava in fretta, nel timore che papà rincasasse in anticipo e scoprisse quel nostro innocente teatro.


Per anni, mia madre visse di frodo in casa sua.

Si ostinava a comprare inutili oggetti costosi – cristalli di Daum, coralli di Torre del Greco, porcellane di Meissen – che, tornata a casa, correva a nascondere nella grande cassapanca dello studio. Quando, tempo dopo, decideva di riportarne qualcuno alla luce, lo mostrava a papà: «Guarda che bello. Ti piace? L'ho pagato una sciocchezza...». Lui si limitava ad annuire, tastando e soppesando la «sciocchezza», per valutare l'effettiva entità della spesa. «Quasi niente, Antonio, davvero...» insisteva lei, stringendo nervosa i pugni, e lottando con la sottile vena d'orgoglio che ancora le rimaneva.

Dal modo in cui la vedevo, nei giorni seguenti, maneggiare i suoi ninnoli e spostarli da un mobile all'altro, intuivo che non le piacevano piú. Il buio della cassapanca li aveva come intristiti, opacizzati. Continuava ad averne cura, sí, ma come un'infermiera ne ha per l'ammalato. Amava quegli oggetti per lo stesso motivo che la spinse poi ad amare l'alcol. La stordivano. Ma quando l'effetto finiva, si torceva le mani, disperata.

L'infelicità non è soltanto una categoria dello spirito. Se cosí fosse, se si trattasse di una faccenda esclusivamente interiore, chiusa nel segreto del nostro essere, nessuno riuscirebbe a vederla.

No. L'infelicità è un luogo, un luogo fisico, una stanza buia nella quale scegliamo di stare. Tanto che, quando accendiamo un lume, subito lo schermiamo, perché nessuno possa spiare all'interno.

Fu nonna Adelina a insegnare a mia madre l'infelicità. Non dovette essere complicato: Sofia era un'allieva volenterosa. Si era preparata già da ragazza la sua bella stanza, scegliendone con cura i mobili, i tendaggi, i tappeti. Quando sposò mio padre la portò con sé, come una dote.

Tutta la casa era tinteggiata di bianco, e cosí anche quella stanza. Lí dentro, però, il bianco comunicava un senso di freddezza. Sul tavolino accanto alla finestra, un cofanetto di porcellana pieno di spiccioli, un quaderno dalla copertina nera con i bordi delle pagine profilati di rosso, una fotografia mia e della mamma insieme (profeticamente, papà non c'era). Nel piccolo scaffale a destra della poltrona di velluto, due file di libri.

Le rare volte in cui mamma dimenticava l'uscio accostato, mi illudevo di poter entrare. Ma non appena osavo avvicinarmi, lei subito richiudeva la porta.

Ero una bambina ubbidiente, ma una volta (una sola volta), non ricordo nemmeno perché, aprii ed entrai. La trovai seduta in poltrona, gli occhi persi nel vuoto, avvolta dall'ombra che sul tappeto si scioglieva in una timida luce attorno alle pantofole. Le sue labbra ebbero un fremito leggero quando mi vide, le sue mani cercarono la stoffa sulle gambe, senza trovarla.

«Perdonami» sussurrò, baciandomi i capelli.

Perdonarla... E di cosa?

In questa foto mamma guarda in su, come se avesse appena visto un uccello volare nella stanza. E ogni cosa – la vecchia poltrona, i nostri abiti, i ricami della tovaglia – è ancora al suo posto.

Il negozio di tessuti della famiglia di papà faceva affari da oltre un secolo, eppure i Baldini non erano mai riusciti ad abituarsi all'agiatezza. Un inspiegabile complesso di inferiorità impediva loro di godere del denaro, quasi sentissero di non meritarlo.

La famiglia di mamma era decisamente piú interessante.

Io somigliavo a nonna Adelina, lo dicevano tutti. Credo fosse perché, invecchiando, si era come ritirata, accorciata. Passavamo ore insieme, a ballare sulla musica di qualche vecchio disco scelto a caso ed ero sempre io la prima a stancarmi. Quando crollavo sul divano, nonna mi toglieva le scarpe e mi massaggiava i polpacci, con un movimento sempre piú veloce, frenetico. «Basta» la supplicavo. Ma lei fingeva di non sentire e continuava a strofinarmi le mani sulla pelle.

A volte la prendeva un'agitazione violenta, irrefrenabile. Imprecava a voce alta contro Dio e tutti i santi (una sera i vicini arrivarono a chiamare la polizia), e io sentivo allora la mia disperazione accordarsi dolcemente con la sua.

Ci sono cose in noi che potrebbero essere, e tuttavia non sono, se non in rari momenti.

Nonna Adelina non parlava mai di sé, mai del paesino del Sud dov'era nata; quasi mai dei suoi genitori. Sapevo solo che suo padre era proprietario di diversi frantoi (per via di alcuni orci pieni d'olio che una notte gli avevano rubato e che a ogni versione del racconto lei faceva aumentare di numero: alla fine divennero centinaia, tanti che l'intero paese non sarebbe bastato a contenerli).

Non parlava nemmeno di suo marito, Giulio Vivier, del quale conservava un'unica fotografia, sistemata di traverso sul comodino, in modo che lui non potesse vederla mentre dormiva. Cosa le aveva sussurrato per convincerla a fuggire con lui, in quell'estate dei suoi diciassette anni? Dove sarà adesso quella foto, in cui nonno aveva i medesimi occhi tristi di sua figlia?

Prima di essere ricoverata nel manicomio di **, e poi in quello di **, Adelina Gentile aveva dilapidato due patrimoni: quello enorme di suo padre e quello piú modesto di suo marito, professore di liceo. Lo scoprii molti anni dopo, aprendo armadi e cassetti, le piccole bare in cui una parte di noi si accomoda ancora in vita.

Adelina era pazza. E perciò anch'io, senza merito alcuno, avevo nel sangue un po' di follia.

Papà si era sempre riferito alla suocera come alla «vecchia pazza», sicché la follia della nonna avrei dovuto conoscerla già (se conoscere è la parola giusta). Per me bambina, tuttavia, quelle parole non avevano grande significato, e la sfumatura di disprezzo che ogni volta coglievo nella sua voce mi induceva a credere che si trattasse di una cattiveria, un modo come un altro per vendicarsi della superiorità della suocera.

Accanto a lei, Antonio Baldini sembrava un miserabile. Il corpo annuncia sempre l'esito di un'esistenza. Le sue mani, per esempio, erano tozze e pallide, fatte per contare soldi. Quelle di Adelina, invece, erano attraversate da gonfie vene dal colore d'ombra, in cui il sangue correva come un rivolo acerbo; e con le unghie d'un rosso ciliegia sempre smangiucchiato. (Le rosicchiava ogni giorno. «Ne ho il diritto» diceva. «È roba mia».)

La follia di Adelina dominava la nostra famiglia. Era nelle infedeltà di mia madre, era nella cupezza di mio padre, era nel mio corpo minimo, contratto, che io stessa guardavo ormai con disgusto.

Papà non compare mai nelle fotografie. Eppure c'è, sempre: dietro l'obiettivo, è lui a decidere quali dei nostri inutili istanti consegnare al futuro. In posa, io e Sofia Vivier ubbidiamo al suo occhio implacabile.

Antonio Baldini conosceva la fragilità di sua moglie, la sua insicurezza.

Da ragazza, Sofia acquistava scampoli di seta nel suo negozio, riportando indietro la merce il giorno dopo, sempre insoddisfatta. Fin dal momento in cui le consegnava il pacchetto col nastro rosso, lui sapeva che ci avrebbe ripensato e che sarebbe tornata. Curioso come, senza conoscerla affatto, la conoscesse già tanto bene.

Mamma e papà parlavano raramente di quel periodo della loro vita, e sempre in modo vago, con un certo pudore. «Ci fidanzammo ai giardini» si lasciò sfuggire una volta mia madre. «Cosa significa fidanzarsi, mamma?» le domandai. «Sei troppo piccola per queste cose, Annetta».

Beati i giorni in cui mi era ancora concesso di essere piccola. A quel tempo capivo poco del mondo, ma sapevo che ai giardini c'era un odore terribile d'umido e di marcio, in tutte le stagioni. Perché fidanzarsi e poi decidere di sposarsi proprio lí, mi chiedevo. Pure, non ebbi mai il coraggio di mettere in dubbio la felicità del loro matrimonio. Tenni tutto dentro, nascosto cosí profondamente che finii per dimenticarmene.

Chi è «piccolo»? Nessuno può dirlo esattamente, se non i medici con le loro tabelle. Ma gli altri avvertono per istinto che in te manca qualcosa, e cominciano a passarsi la voce.

A scuola, sedevamo nei banchi in rigoroso ordine di altezza: le piú basse davanti, le piú alte dietro, come in un paesaggio in cui alla pianura seguissero le colline, via via piú alte, e dietro quelle si ergessero le montagne. Era un ordine stabilito dalle suore, e benedetto da Dio nei secoli dei secoli. A nessuna sarebbe mai saltato in mente di violarlo. Per il resto della vita, ciascuna sarebbe rimasta l'allieva obbediente e composta, seduta nel banco a lei predestinato.

Io occupavo ovviamente uno dei banchi della prima fila: il mio posto era in pianura. Elisabetta Scuderi e Carlotta Masi sedevano invece sull'inaccessibile vetta dell'ultimo banco, in fondo alla classe. Cosí distanti che, per noi altre, erano quasi delle estranee. Alte, superbe, le guardavo come si guardano le statue sui loro piedistalli. Loro, invece, non mi degnavano di un'occhiata: non mi volevano, non ero della loro categoria. Per anni mi tormentarono con ogni genere di cattiverie. Fingevo di non prendermela, di non fare caso alle smorfie, alle risatine crudeli. E cosí, mentre ancora soffrivo per il colpo ricevuto, già mendicavo di nuovo la loro attenzione, con un altro scherzo feroce: come una bimba che quanto piú la mamma la maltratta, piú implora da lei una carezza.

Anche le altre compagne mi evitavano. Quando però, il giorno dell'Epifania, mia madre mi diceva di invitarle a casa a giocare, dalla finestra della mia stanza le vedevo radunarsi di fronte all'entrata del palazzo, con feroce puntualità. Non erano mai le stesse, si trattava di aggregazioni temporanee che cambiavano di volta in volta, risultato di crudeli passaparola («Domani la scema dà via i suoi regali, vieni anche tu?»).

Intuivo il loro nervosismo non appena entravano in casa (prima Elisabetta e Carlotta, poi tutte le altre). Erano nel mio territorio: lí ero io la padrona. Al momento di andare, tutte mi chiedevano, quasi timidamente: «Posso prenderlo?»; e io allora, con finta generosità, lasciavo che portassero via i regali che mamma aveva scelto e impacchettato per me. Consegnavo io stessa quelli piú belli a Elisabetta e Carlotta, che li nascondevano velocemente negli zaini, senza nemmeno un cenno di ringraziamento. La piú rapida era Elisabetta: tendeva le mani con avidità e subito le ritirava, come se trovasse ripugnante anche il solo sfiorarmi.

«Dovresti tenere per te i tuoi giocattoli, Annetta» mi rimproverava dolcemente mamma, guardando il fondo della cesta ormai vuota.

«Perché?» chiedevo. E la domanda rimaneva sospesa nella stanza.

Sentivo che mi era segretamente complice. Scuoteva il capo, sí, ma con un'aria soddisfatta, come se quel mio comportamento si accordasse perfettamente con il suo spirito.

La prima volta che non la trovai, all'uscita da scuola, pensai che fosse in ritardo. Aspettai per piú di un'ora, finché mi convinsi che non sarebbe piú venuta. Solamente quando iniziò a piovere e mi decisi a tornare a casa da sola, mi si affacciò l'idea che potesse esserle accaduto qualcosa. È morta, mi ripetevo, e sentivo crescermi dentro la paura.

Sbagliai strada due volte, agli stessi incroci in cui sbagliava lei. Quando finalmente la pioggia cessò, l'orologio segnava le tre. Da dietro le lenti appannate degli occhiali, scorsi suor Agnese che usciva dalla scuola col sacchetto della spazzatura. Ero tornata al punto di partenza. Su, Annetta, andiamo a casa, dissi a me stessa. Mi sistemai meglio lo zaino sulle spalle e m'incamminai, stavolta indovinando subito la direzione giusta.

Non era morta. Dal viale, la vidi nel riquadro della finestra della camera da letto. Il sole – un sole freddo, appena scivolato fuori dalle nuvole – le illuminava la schiena.

C'era un uomo con lei. Malgrado la distanza, lo distinguevo chiaramente: alto, biondo, i capelli corti. Le sue spalle la immergevano nell'ombra, e lei vi affondava come se non desiderasse altro. Rimasi a guardarli per un tempo che mi parve interminabile. Nel dondolio ritmico dell'abbraccio la schiena di Sofia passava dall'ombra alla luce, dalla luce all'ombra. Finché l'ombra vinse e, dopo una lunga pausa, i loro corpi si separarono.

Quando la campana della chiesa suonò le cinque, il cielo andava di nuovo caricandosi di pioggia.

Lui fece per abbracciarla ancora, mia madre si scostò. Non riuscivo a scorgere bene il suo volto, nascosto per metà dalle foglie gialle dei platani che si agitavano fuori dei vetri, ma lei dovette sentire il mio sguardo, perché abbassò il suo verso la strada. Sperai che non mi avesse vista.

Corsi via.

Ero quasi arrivata al portone sul retro, il passaggio interdetto di cui soltanto mia madre aveva la chiave, quando sentii scattare la serratura: al primo tentativo, segno che l'uomo doveva conoscerne i segreti.

Si allontanò a passo svelto, guardandosi intorno di continuo, preda di una paura che lo rendeva ridicolo. Mentre dal cielo grigio ricominciava a venir giú una pioggia sottile, gelida, la sua figura frettolosa rimpiccioli velocemente lungo la strada.

Mamma non mi aveva vista, né mi aspettava. Quando entrai in casa, mi salutò distrattamente, senza nemmeno chiedermi dov'ero stata fino a quell'ora.

Mi sembrò che avesse pianto.

«Bisognerà comprarti delle scarpe nuove» disse solo, gli occhi fissi sui miei stivali sporchi di fango.

Notai, sul tavolino basso, la bottiglia di cognac mezzo vuota. Me ne offrí un goccio, come fosse la cosa piú naturale del mondo. Feci cenno di no, anche se avevo voglia di accettare.

«Come sei seria, Annetta... I bambini non dovrebbero essere tanto seri» disse.

Le guance mi s'infiammarono. Aveva ragione, ero troppo seria in tutto.

«Quando avevo la tua età, la nonna mi faceva sempre bere un po' dal suo bicchiere, sai? Ecco qua... Ancora un filino?».

«Come vuoi tu, mamma».

A dieci anni, bevvi cosí il mio primo cognac. Lo trovai disgustoso, ma per un istante fu come sentire l'anima di mia madre scivolare dentro di me.

«Domani vengo a scuola, promesso».

Eravamo insieme, ora, nel medesimo riquadro della finestra dove fino a poco prima l'avevo spiata. L'abbracciai. Le sue spalle – e i suoi lunghi capelli sciolti da ragazza – immersero me nell'ombra.

Da quel giorno non venne piú a prendermi a scuola. Nemmeno ne parlò piú, come se avesse improvvisamente dimenticato di averlo fatto per anni.

Qualche settimana dopo, la vidi passare su un'auto sportiva, scoperta. Guidava un uomo che non conoscevo. Lei non si accorse di me, forse a causa dei capelli scompigliati dal vento.

Sentii due mamme mormorare. «Ne ha un altro». «Puttana». Fu come ricevere uno schiaffo. Ma quando arrivai a casa e la trovai seduta in poltrona, nella posa morbida che sempre aveva, pensai di essermi sbagliata. La donna in quell'auto non era mia madre. Non poteva essere lei. Certo che no.

Iniziò a uscire sempre piú spesso la sera, dimenticando di avvertirci e lasciandoci senza cena.

In silenzio, io e papà la aspettavamo seduti in soggiorno, le orecchie tese a cogliere ogni minimo rumore sul pianerottolo.

Sarebbe un errore credere che mio padre non sapesse dell'infedeltà della moglie. Impossibile difendersi dalle allusioni in una piccola città, specie se si ha un esercizio commerciale. Chi frequenta un negozio da molti anni finisce per sentirsi in una strana intimità col negoziante. Ma quando papà le chiedeva dove fosse stata, lei rispondeva: «Ero con un'amica», la voce piena di quell'innocenza di cui mio padre e io avevamo bisogno. L'aspettavamo ogni volta confidando non nella sua onestà, ma nella certezza del suo ritorno.

Abbiate pietà di mia madre.

Questa l'ha scattata nonna Adelina. Mamma guarda fissa nell'obiettivo, con la solita aria di svagata indifferenza. Io e papà guardiamo lei.

Per molto tempo fui l'unica della mia scuola a conoscere una lingua straniera. Ne ero cosí orgogliosa che fingevo di sapere il francese piú di quanto lo sapessi davvero.

Ricopiavo con impegno le frasi che trovavo nei vecchi libri di mia madre: lentamente, allungando le aste, come faceva suor Agnese quando scriveva sulla lavagna. Un giorno riempii tutta una pagina del diario con un singolo verso di una poesia, senza nemmeno capirne il significato. Avevo otto anni.

Je cherche la vertu, et ne trouve que vice.
Je cherche la vertu, et ne trouve que vice.
Je cherche la vertu, et ne trouve que vice.

La sera stessa mostrai orgogliosa la pagina alla mamma. Fu contenta. Lodò la calligrafia, l'esatta lunghezza delle aste, non oltre il bordo del rigo superiore. Le spingevo in su fino all'estremo, come avrei voluto fare anche col mio corpicino, solamente per farle piacere. «Brava, Annetta, brava» disse. E mi accarezzò i capelli.

In quel preciso istante, sperai che la mia statura, la mia goffaggine, le mie brutte caviglie, tutto ciò che mi separava da lei, potesse dissolversi come per incanto. Non c'era ragione perché non accadesse. Anzi, stava già accadendo. Non mi aveva appena detto «brava» due volte? Due volte!

Qualche giorno dopo telefonarono dalla scuola. «Era suor Agnese» disse la mamma, dopo aver riagganciato. E il suo sguardo tornò a perdersi oltre i vetri della finestra.

Suor Agnese? Perché aveva chiamato? Non l'aveva mai fatto prima. Sarà stato un errore, mi dissi. Forse voleva telefonare a qualcun altro. Ma subito dopo mi tornò in mente quella mia piccola colpa. Ogni giorno, cinque minuti prima che suonasse la campanella della ricreazione, chiedevo il permesso di andare in bagno e correvo invece a gettare la merenda nel cestino sul retro della scuola. Forse suor Agnese se n'era accorta, o qualche compagna mi aveva visto e aveva fatto la spia…

Quell'angoscia continuò a tormentarmi fino a sera. Soltanto il sonno mi restituí un po' di pace.

Suor Agnese non era certo la piú «importante» a scuola: anzi, tra le suore non contava quasi nulla. Noi tutte, però, la temevamo moltissimo. Quando la sua bocca si contraeva, restavamo col fiato sospeso. Negli anni, anche Elisabetta e Carlotta meritarono le sue punizioni, inferte con una lunga bacchetta di legno pieno, che si abbatteva con forza sulle mani, lasciandole doloranti e arrossate. Era difficile credere alla sua bontà, dopo averla vista picchiare con tanta durezza. Con me non usò mai la bacchetta, anche se le lessi molte volte negli occhi il desiderio di farlo. Sapevo che a trattenerla erano soltanto i soldi di mio padre.

Mamma volle che fossi presente anch'io all'incontro. «Non mi sembra il caso, signora. La bambina cosí perderà la lezione» obiettò suor Agnese. «Fa niente. Tanto poi verrà via con me, sorella. Ho delle faccende da sbrigare con mio marito e non potrei tornare a prenderla». Sapeva che il riferimento a papà l'avrebbe convinta. Da anni il negozio forniva al convento e alla scuola i tessuti necessari per le tonache, le divise, le tovaglie, le lenzuola; e a prezzi di estremo favore. Non sapeva però che suor Agnese si era accorta da tempo che ormai tornavo a casa da sola.

Fu uno strano colloquio, pieno di silenzi. Mamma continuava a scostare dalla fronte un'invisibile ciocca di capelli, e suor Agnese divagava, come si vergognasse di ciò che stava per dire. Finalmente arrivò al punto: trovava che certe letture fossero inappropriate alla mia età.

«Annetta, puoi darmi il diario?» disse.

Impallidii. Cosa c'entrava, adesso, il mio diario? Lo cercai nella cartella e glielo consegnai.

Lei ne scorse velocemente le pagine, poi di colpo si fermò: «Ecco, legga qui».

Mi sollevai sulla punta dei piedi per vedere anch'io.

La poesia...

La suora indicò qualcosa sul foglio e, guardando prima mia madre e poi me, pronunciò due volte la parola oscena – la parola alla quale avrei sempre associato, da quel momento, il fetore del suo alito: «*Vice*... Vizio».

Mamma sembrò disorientata. Si scusò, spiegò che di domenica facevo visita alla nonna, che forse era stato lí che...

È la poesia che ti piace tanto! È la stessa! avrei voluto urlare, ma la rabbia mi paralizzava la lingua. A cosa sarebbe servito, del resto? Sapeva come stavano le cose, eppure mentiva, mentiva spudoratamente.

Il ricordo non riesce a conciliare il terribile senso d'ingiustizia che provò quella bambina e l'insopportabile malinconia che sento adesso.

«Annetta è una bambina speciale, signora. Noi facciamo del nostro meglio, però...».

Mamma sapeva perfettamente cosa significasse,

a scuola, essere «speciale», ma abbozzò un sorriso interrogativo, come se non avesse capito. «Ecco... Noi pensiamo che sua figlia avrebbe bisogno di essere un po' piú controllata. È capace, intelligente, ma certe letture... Lo vede anche lei».

Sofia Vivier respirò profondamente, come se stesse preparandosi per un lungo discorso, ma alla fine le sue labbra lucide di rossetto si schiusero appena. «Certo» disse.

Dovette sentirsi una madre straordinariamente responsabile nel dare ragione alla suora. Finalmente sapeva da che parte stare. Quel giorno desiderai con tutta me stessa essere suor Agnese, per poter bacchettare mia madre e poi guardarla piangere. La me di adesso sa che neppure cosí l'avrei cambiata; ma pensandoci ridivento quella bambina, e punisco Sofia Vivier fino a farla sanguinare.

«Potrei consigliarle una persona fidata. Una brava donna che ci aiuta nelle pulizie, qui a scuola» aggiunse suor Agnese. «Ha polso, vedrà che ne sarà contenta. Ecco, le lascio il suo numero. Si chiama Clara Bigi». E prima di congedarci, unendo le mani in preghiera, disse: «Mi saluti tanto suo marito, signora».

Arrivai a implorarla nei giorni seguenti.

«Mamma, non ho bisogno che qualcuno mi controlli! Sono brava, l'hai detto tu! E sarò ancora piú brava, te lo prometto!».

«Basta, Annetta. Suor Agnese lo dice per il tuo bene».

Ma c'era piú dolore che convinzione nella sua voce.

In questa, un raggio di sole cade sugli occhi di mia madre. E pare accecarla.

Clara Bigi si sarebbe occupata di me e della casa dalle due di pomeriggio alle sette di sera.

Io e la mamma pronunciavamo il suo nome soltanto quand'era presente; quando non c'era, la chiamavamo semplicemente «lei».

«Ha rotto una tazzina, mamma».

«Chi?».

«Lei».

Era una donna sciatta. Spolverava ogni cosa con lo stesso straccio lurido. Spesso veniva in camera mia, ad accertarsi che facessi i compiti e a impormi le sue regole insensate: stare dritta con la schiena, non fare cancellature sul quaderno...

Mi permetteva di alzarmi dalla scrivania solamente per andare in bagno. E se giravo la testa per accertarmi che fosse ancora lí, seduta alle mie spalle, mi puniva torcendomi il braccio dietro la schiena. Quando, dopo qualche interminabile secondo, finalmente allentava la presa, rimanevo immobile sulla sedia, come fossi morta.

«Sta' attenta: ti vedo, sai?».

Mia madre, invece, sembrava non vedermi piú. La prepotenza di Clara scavava tra noi un solco ogni giorno piú profondo.

«Questo non devi leggerlo, capito? Per nessun motivo!» mi urlò Clara Bigi quel giorno, mettendo via il libro di poesie. Per essere sicura che non trasgredissi al suo ordine, lo spostò sul ripiano piú alto, di modo che mi fosse impossibile raggiungerlo, anche salendo su una sedia. (Nel ricordo, questo basta a elevare quel libro all'altezza delle cose inafferrabili.)

Non riconoscevo a quella donna orribile l'autorità di decidere cosa potessi o non potessi leggere, ma non protestai. Ribellarmi avrebbe richiesto un carattere che non avevo.

Per tutto il tempo in cui imperversò in casa nostra, contrapposi sempre ai suoi ordini il meglio di me stessa: l'obbedienza.

J'aime la liberté, et languis en service.
J'aime la liberté, et languis en service.
J'aime la liberté, et languis en service.

Come me, Sofia Vivier si sottometteva al volere altrui. Piú la vita la spingeva in basso, piú lei piegava le esili ginocchia, fremendo di un oscuro, inconfessato piacere, con l'assoluta certezza di meritare ogni castigo.

Accadde anche con la domestica. Temeva troppo la riprovazione di suor Agnese e di papà per mandarla via. Finí per abituarsi alla sua rozza invadenza. E Clara Bigi ne approfittò per dichiarare guerra ai suoi nervi.

«C'è da spazzare il terrazzo, Clara. E bisogna battere i tappeti...».

«Domani, signora. Oggi non riesco a fare tutto».

La sua sfacciataggine mi indignava. «Il tempo per mangiare le caramelle lo trovi, però! Le hai finite di nuovo!» mi lasciai sfuggire una volta, in un impeto di rabbia.

«Sta' buona, Annetta. Lascia che parli io...».

Clara si era accorta della soggezione di mia madre, e dopo ogni appunto non mancava di chiudere con stizza una finestra o di far cadere apposta l'aspirapolvere, rigando il parquet.

Cominciò a cambiare posto alle stoviglie, cosicché mamma non sapeva piú dove cercarle quando papà rientrava per cena. Le chiese spiegazione, ma lei negò. Poi fece l'offesa. Minacciò di licenziarsi. Era tutto in ordine, ogni cosa era al suo posto. «Il problema vero è che in questa casa niente funziona come dovrebbe» concluse. E guardò verso di me.

«Basta, Clara. Questo non glielo permetto…» balbettò mia madre.

Lei sorrise, senza staccarmi gli occhi di dosso.

Quel giorno, com'era prevedibile, finito il turno di lavoro Clara corse da papà a lamentarsi (il negozio si trovava al piano terra del palazzo). Ero lí anch'io e cosí li spiai, nascosta tra gli scaffali. «Non posso piú lavorare in questo modo. La bambina ascolta solo sua madre, non mi ubbidisce…» cominciò, e andò avanti a lungo, gesticolando, le guance sempre piú rosse. Non riuscii a sentire tutto quello che diceva. Per uno strano gioco d'ombre, pareva che mio padre piegasse la testa sul suo braccio. Anche lui, pensai, era succube di quella donna.

Non temevo Clara Bigi. La odiavo profondamente, e l'odio non ha niente a che vedere con la paura. Se le obbedivo, era anche per farmi perdonare l'intensità di quell'odio.

Un giorno la sorpresi a fissare i segni sulla parete della mia stanza, quelli con cui mamma misurava la mia altezza: si addensavano intorno al metro e venticinque, perciò in quel punto l'intonaco era tutto screpolato.

Un altro giorno la colsi ad annusare la cipria di mia madre. Quando i nostri sguardi s'incrociarono, lei mise un dito nella cipria, se lo portò alla bocca e lo leccò: una, due volte, finché l'astuccio le cadde.

«Mi spiace, signora» disse a mia madre, ma col tono di chi in realtà non intende scusarsi.

«Non è niente, Clara. La ricompreremo».

Quello stesso pomeriggio ruppe due statuine di Meissen, una dopo l'altra.

Mamma guardò confusa i pezzi di porcellana sul pavimento. «Non si preoccupi» disse alla fine, e la sua voce aveva un tono di spaventosa passività.

A partire da allora, Clara Bigi fu onnipotente in casa nostra. Pretese che i soprammobili fossero tutti messi via. «Si fa prima a spolverare, signora».

«Ha ragione, Clara» rispose mia madre.

Fu in quell'istante, credo, che cominciò a morire.

Io e mamma tornavamo alla parete della mia stanza anche piú volte al giorno, attente a rilevare ogni singolo millimetro guadagnato. Eppure, nonostante le continue misurazioni, non so quando esattamente il mio corpo si rifiutò di continuare a crescere. Dovette farlo di nascosto, in gran segreto, perché ogni volta che chiedevo a mia madre: «Sono cresciuta?», «Un pochino, sí» rispondeva lei, mostrandosi contenta.

Da Sofia Vivier imparai, fin da bambina, l'arte oculatissima dell'illusione. Arrivai a crescere fino a tre volte in una stessa giornata.

Un giorno chiesi a mia madre di misurare sulla parete anche la sua altezza. Sorrise a quel piccolo capriccio. Temperò con cura la matita, tracciò un segno sopra la sua testa e poi tese il metro.

«Uno e sessantuno. Sessantadue, anzi!» disse, sbattendo le ciglia. (Povera Sofia, le faceva cosí piacere primeggiare in qualcosa che proprio non le riuscí di contenere la sua vanità.)

I miei occhi risalirono fino al segno che indicava la sua altezza, per poi ridiscendere lentamente fino a quello che indicava la mia. Contemplavo quell'unica misurazione di Sofia Vivier come si contempla una stella. Nel firmamento della parete, io ero una luce minore: mi pareva però che i nostri punti

estremi, cosí meticolosamente tracciati, marcasse-
ro non soltanto lo spazio che ci separava, ma anche
quello – ben piú ampio – che invece avevamo in
comune e che, nella luce del pomeriggio, risplen-
deva sull'intonaco col biancore di una porcellana.

Tutta la mia persona era perfettamente contenuta in quella di mia madre. Il mio piccolo corpo non
era, in fondo, che una porzione del suo.

Dal modo in cui me ne stavo rispettosamente
racchiusa all'interno della sua statura, era evidente che in lei doveva esserci qualcosa di me – come
nel piú sta il meno – e in me qualcosa di lei. Vit-
tima della mia immaginazione, mi illudevo di esserle persino necessaria, cosí come a un capitello è
necessaria la colonna, cosí come al 162 – il numero
che corrispondeva alla sua statura – sono necessari
i numeri che lo precedono. Fu una delle poche volte in cui mi percepii in completa armonia con lei.

Tremenda fortuna essere alti. Avere la fisica
impressione di tutto il proprio essere. Noi piccoli
dobbiamo sempre integrare, col pensiero, ciò che
di concreto manca al nostro corpo. Una parte di
noi è pura astrazione. Siamo spettri per metà.

Quando, una fredda domenica di gennaio, il sangue mi corse tra le cosce fino a sporcarmi i calzini, credetti di morire. Strinsi forte le gambe, urlai.

«Stai crescendo, Annetta» mi sussurrò mamma all'orecchio, sistemandomi l'assorbente nelle mutandine. Evitava di guardarmi.

Annuii fingendo di assecondarla, ma sapevo che non era vero.

«*Elle est petite…*». Glielo sentivo dire di continuo alla nonna.

«*Mais elle est belle tout de même, Sofie*».

«*Oui, mais trop petite*».

Lo diceva come fosse una cosa indecorosa.

Clara la derubava. Non oggetti di valore: pettinini d'osso, vecchie spille di bigiotteria, era questo di solito il bottino. Mamma se ne accorse quasi subito, ma preferí far finta di nulla. Evitava di chiedergliene ragione. Il fatto che la domestica «si accontentasse» di cosí poco riusciva quasi a commuoverla.

«Potrebbe essere una malattia…» mi disse una sera.

Non potevamo escluderlo, anche se la sfacciataggine di quelle ruberie faceva pensare che ne fosse perfettamente consapevole.

Col tempo, prese a saccheggiare anche l'armadio di mamma: cinture, foulard, mantelline e altri indumenti che il suo corpo, cosí diverso da quello di Sofia Vivier, non le avrebbe comunque permesso di indossare.

La scoperta di quei nuovi piccoli furti (se Clara avesse conosciuto bene mia madre, non avrebbe neanche lontanamente sperato di poter frugare nel suo armadio senza che lei se ne accorgesse) dava alla mamma una grande malinconia, temperata però da una vaga ebbrezza: in fondo, le faceva piacere che qualcuno desiderasse le sue cose. Quale foulard aveva scelto? Ah, il piú brutto: poco male, già pensava di darlo via…

Non osava parlarne a mio padre: forse per timore che lui non le credesse, o forse perché vedeva le colpe di Clara alla luce delle proprie e tendeva ad attenuarne il peso.

Non c'era occasione che Clara non sfruttasse per rimproverarci (troppo il disordine in salotto, troppi i capelli lasciati nel lavabo...). Arrivò a censurare anche la passione di mamma per le fragole: «Troppo costose adesso, signora. Non vanno comprate fuori stagione».

Passava al vaglio ogni nostra debolezza, mentre noi non facevamo quasi piú caso ai canovacci sempre sporchi, alle lenzuola dimenticate in lavatrice (a impregnarsi di quel puzzo d'umido che nemmeno un altro lavaggio avrebbe mandato via), alle cose immangiabili che ci serviva in tavola. Ormai accettavamo tutto senza protestare, rassegnate a vivere come ospiti in casa nostra.

Mia madre continuava a trattarla con gentilezza, cosa che per me rimaneva incomprensibile.

Scoprimmo che apriva la nostra posta: non tutta, solo le bollette. Era autorizzata a farlo, disse: mio padre le aveva affidato l'incarico di pagarle. Venne cosí a conoscenza di altri dettagli della nostra vita domestica: i consumi eccessivi, gli sprechi... «Consigliò» a mamma di ridurre il numero di bagni caldi.

Scoprimmo anche che ispezionava segretamente gli indumenti da lavare. Le sue dita corte e sgraziate si muovevano veloci nelle tasche, alla ricerca di qualcosa che potesse incolparci. Mamma continuava a fingere indifferenza. Io invece ero furiosa. Cominciai a lasciare volutamente nelle tasche fazzolettini di carta usati. «Si rovina il bucato, Annetta» mi avrebbe detto subito dopo averli trovati, e poi mi avrebbe guardato severa, la fronte aggrottata, come fossi una delinquente.

Era un'orribile tiranna. Perfida al punto che, quando le promettevo di comportarmi meglio, accettava di buon grado quell'assegno a vuoto, sapendo benissimo che non avrei onorato il mio debito e che cosí avrebbe potuto rimproverarmi di nuovo.

Io le mentivo, sí, e con una certa malizia. Proprio la sua cattiveria mi faceva apprezzare la libertà di cui potevo godere nei momenti in cui lei non c'era.

Quando il suo occhio mi abbandonava, io cominciavo finalmente a vivere.

I piccoli furti ormai abituali, le camicie di seta rovinate nella stiratura, le continue prepotenze: niente bastava a persuadere mia madre della necessità di ribellarsi a Clara Bigi. Accettava tutto remissivamente, come qualcosa di inevitabile, e che nemmeno si può sperare che finisca.

Io ne soffrivo, e tuttavia non riuscivo a nascondere a me stessa il piacere che provavo nel condividere con lei quella persecuzione.

«Che cosa ti ha fatto, racconta…» mi chiedeva non appena Clara se n'era andata. A volte esageravo, inventavo cose orribili, solo per vederla sorridere. Sentivo che la sua mente era come infettata dalla domestica e che avrei dovuto fermarmi, ma non avevo il coraggio di deluderla. Che ciascuna partecipasse all'altra la propria impotenza: era questo il gioco che la divertiva.

Non le confessai mai quelle bugie, me ne vergognavo; e, a forza di ripetermele nei pensieri, finii per sovrapporle alla verità. Divennero un peccato inconfessabile, come inconfessabile era il piacere che ne ricavavo.

Tanto piú che mi accorgevo, con stupore, che Clara non si interessava piú a me. Passavano anche intere giornate senza che mi rimproverasse. Continuava invece a perseguitare mia madre, cercando sempre nuovi pretesti per andare all'attacco.

Tutte, a scuola, crescevano (Elisabetta e Carlotta più delle altre); e io diventavo sempre più piccola rispetto a loro. La piccolezza progrediva in me inesorabilmente.

Per il mio sedicesimo compleanno, mamma e papà mi regalarono un bel paio di scarpe su misura. Col tacco.

Benedetti siano i tacchi. Sollevandomi da terra quel tanto che bastava, mi diedero l'illusione che niente fosse impossibile.

Mamma mi donò anche un diario personale, segreto: con un bel lucchetto lucido, che pareva una spilla. «In futuro ti piacerà rileggerlo» disse. Era la prima volta che mia madre mi parlava del mio futuro.

Per anni non avevo voluto più un diario, tanta era in me la paura che qualcuno potesse leggerlo. Tenevo tutto a mente: l'orario delle lezioni, i compiti, tutto.

La copertina era di colore bianco opaco, i fogli invece di un bianco intenso. Una linea rossa, sottile come la lama di un coltello, marcava la fine di ogni pagina. Ne contai centootto. Era il tredici dicembre, il giorno di Santa Lucia. Realizzai che, dedicando a ciascuna giornata una pagina intera, il diario sarebbe finito il trenta marzo. Troppo presto. Provai allora a dividere mentalmente ciascuna pagina in due: nella parte alta una giornata, in quella sotto un'altra. Cosí avrei guadagnato centootto giorni. Ricontai, arrivando al sedici luglio. Sarebbe stato anche meglio dividere la pagina in tre, pensai. O in quattro, in cinque, in sei…

Disponevo le giornate in lunghe file ogni volta piú strette. Sarei riuscita a far entrare tutta la mia vita in quel diario? In fondo, bastava rimpicciolire i giorni ancora un po'. Ridurre. Rinunciare. Ma nonostante i miei sforzi, quell'ultima pagina arrivava sempre prima del previsto, e mi gettava nello sconforto.

Non osavo accostare la penna a quelle pagine vuote.

Il comportamento di Clara cambiava, e io e mamma fingevamo di non accorgercene. O meglio: pur notando in lei qualcosa di diverso (impossibile non accorgersi del primo sguardo benevolo del tuo aguzzino), non osavamo considerarlo un vero cambiamento. Persino un cane ha meno fiducia di chi, dopo averlo bastonato, si avvicina per fargli una carezza. Non capivamo cosa stesse architettando. Dov'era l'inganno? La cortesia con la quale aveva preso a trattarci pareva piuttosto la continuazione strategica dell'abituale cattiveria.

Una nuova Clara sembrava essersi trasferita nel corpo della vecchia, ma senza documenti, come una clandestina. Mi chiedevo cosa avrebbe detto l'«altra», la cattiva, se mi avesse visto gobba sulla sedia, facendo dondolare le gambe sempre piú velocemente. La donna che adesso mi sorrideva non riusciva a cancellare quella che cosí a lungo mi aveva tormentato. Quando i suoi occhi incontravano i miei, non vi leggevo piú la dura indifferenza di un tempo.

All'inizio avevo creduto che fosse il desiderio di tiranneggiare mia madre a distrarla da me, ma poi venni a sapere da mamma che aveva anche smesso di rubare.

«Non possiamo fidarci di lei...».

«Va tutto bene, Annetta. Non preoccuparti».

«Sí, ma è cosí diversa...».

«E allora? Meglio cosí, no?»

La sua voce aveva un tono aspro, stizzito. Nonostante cercasse di tranquillizzarmi, era nervosa quanto me. Anzi, piú di me.


Non mi ero mai interessata di quello che Clara faceva fuori della nostra casa: temevo che, conoscendo meglio la sua vita, avrei finito per odiarla un po' meno di quanto invece meritava.

Fu papà il primo a notare che, all'ora di chiusura del negozio, sempre piú spesso la bicicletta di Clara era ancora sotto casa. Quella sera mamma spiò piú volte dalla finestra per vedere quando sarebbe passata a riprenderla. Fin quando non la vide scendere da una macchina grigia, di grossa cilindrata.

Da allora, tutti i giorni, non appena Clara andava via, mamma e io correvamo alla finestra e sempre la vedevamo salire su quell'auto, che la aspettava puntuale.

Tornava a prendere la bicicletta sempre piú tardi (spesso la bici era ancora lí quando andavo a dormire).

«Vieni a letto» sentivo papà dire a mamma, mentre ero già sotto le coperte.

«Vai. Ti raggiungo tra un po'».

Dopo qualche giorno, papà ci riferí che Clara aveva un compagno. Si erano conosciuti a Senigallia durante l'estate, intendevano sposarsi.

«Sposarsi? Cosí presto?» disse mamma.

«Mi ha chiesto due settimane di congedo matrimoniale».

Era naturale che Clara si rivolgesse a mio padre per questo genere di cose, era lui a pagarle lo stipendio, ma Sofia si indispettí: «E perché a me non ha detto nulla? Due settimane... Non gliele avrai mica date?».

Il tono con cui lo disse non le apparteneva. Forse neanche lei sapeva cosa provava in quel momento, ma dava l'impressione di essere... invidiosa.

Come una lama quella parola tagliò in due i miei pensieri e io non fui piú in grado di vedere allo stesso modo il rapporto fra lei e la domestica.

Gli occhi le si velarono, sembrò sul punto di scoppiare a piangere. Poi si alzò e andò a chiudersi nella sua stanza.

Per un mese intero, tornando da scuola, continuai a osservare quel gatto, morto all'angolo della strada. Diventava ogni giorno piú vuoto, inconsistente, tanto che la luce – che all'inizio gli batteva sul pelo – cominciò ad attraversarlo. Per un po' fu solo trasparenza, poi solo un grigio niente, in mezzo a un tappeto di foglie morte.

Non so cosa lo avesse spinto ad attraversare cosí incautamente. Molti anni dopo, mia madre avrebbe fatto lo stesso: proprio all'angolo di quella strada che porta al mercato, e che a un tratto diventa dura d'asfalto, come una provinciale.

E non so cosa spinge me, ora, a ricordare quel gatto. Nella mente ristagnano cose di cui non sempre ci è dato comprendere la ragione.

L'invidia covata da Sofia Vivier era per me una storia muta. Non me ne parlava. Ma non appena Clara usciva, andava alla finestra, agitatissima, per vedere se in strada c'era la solita macchina grigia ad aspettarla.

Solo quando papà rincasava, pareva calmarsi. Ridivenne persino affettuosa, ma lui nemmeno se ne accorse. Dopo cena, si alzava subito da tavola, lasciandola sola con i suoi pensieri.

L'amore era il suo pensiero piú ostinato, la sua ferita piú profonda, mai rimarginata. Se da ragazza l'aveva atteso, sicura di non esserne delusa, adesso lo inseguiva disperatamente, ossessivamente, arrancando per immonde strade di periferia, nella speranza di raggiungerlo.

Le era parso, a volte, che l'amore la sfiorasse nella direzione opposta e allora aveva cambiato strada (è questione d'istinto, l'amore), fino a perdersi. Altre, era rimasta ad aspettare e aspettare, fin quasi a non sapere piú chi o cosa stava aspettando.

Povera Sofia. Credeva nell'amore come altri credono in Dio, ma in lei l'amore non aveva mai creduto. Quante volte, tornando verso casa, si era fermata a osservare le finestre dei vicini, chiedendosi perché a lei fosse negato ciò che gli uomini e le donne dietro quelle tende, dentro quei rettangoli di luce, invece sembravano avere. Che altri avessero trovato l'amore: ecco cosa la turbava di piú. Che persino Clara Bigi lo avesse trovato. Persino lei.

Tutto questo mi disse Sofia, anche se la sua bocca rimase chiusa. E quando ebbe concluso, sul suo volto c'era una tranquillità che non le avevo mai visto prima. Sembrava ringraziarmi per averle risparmiato la fatica di tante inutili parole. «E papà?» fu la domanda che non le feci. Lei allungò una mano e strinse forte la mia.

Non devo dimenticare che mia madre cercava solo di essere felice.

Quel pomeriggio, nonna Adelina indossava un'ampia gonna di taffetà color oro.

Gli abiti delle persone anziane, specie quelli eleganti, conservano come un ricordo di cose lontane e perdute e hanno tutti il medesimo, terribile odore di canfora.

Mise su un disco di Dalida. Era stata sua amica, mi raccontò. Avevano vissuto insieme a Parigi, dopo essersi conosciute in Egitto.

«In Egitto...» ripetei, rapita da quelle bugie.

«Sí. Al Cairo» disse lei, con un sorriso cattivo. E aggiunse una serie di nomi che aleggiarono qualche istante nell'aria.

Seria, composta, ballava da sola sulle note di una malinconica canzone di cui comprendevo soltanto il ritornello, ripetuto cento volte. Quando il disco finiva, lo faceva ripartire. Per due lunghissime ore quella melodia inondò la stanza di una tristezza insopportabile.

Quando fu stanca, mi si rannicchiò accanto e parve assopirsi, come una bambina. Sempre piú spesso, sembrava tornare indietro negli anni, in un modo insieme tenero e straziante.

«Chi sei?» mi domandò, riscuotendosi.

E d'improvviso tornò sospettosa, scostante: «Come ti chiami? Perché sei qui?»

«Nonna, sono io...» balbettai. Cercai di abbracciarla, e in quel momento avvertii il gelo delle sue mani, mentre mi respingevano.

Ne ebbi orrore.

L'ultima volta che venne a cena da noi, non fece che accarezzare la tovaglia, come per stirare un'invisibile piega. Parlava di continuo, quasi ignorando ciò che aveva nel piatto. Piú volte colsi lo sguardo di papà dall'altra parte del tavolo, piú volte abbassai il mio. Mamma tormentava la forchetta, senza trovare la forza di mangiare.

«Vuoi bene alla nonna, Annetta?» mi domandò piú tardi.

«Sí» risposi.

«È la verità?» insistette.

Annuii.

«E tu?» domandai a mia volta, con innocenza.

«Io no».

Per quanto ci provassi, non riuscivo proprio a capire mia madre.

Fu papà a insistere perché la nonna venisse ricoverata in un «istituto».

Andai a trovarla una sola volta prima che la dimettessero.

«Non prende le medicine...» sussurrò l'infermiera alla mamma, prima di aprire la porta della stanza.

Gli occhi azzurri di Adelina ci guardarono col rancore che hanno a volte gli ammalati per le persone sane.

Dopo qualche minuto prese ad agitarsi e a gridare, a bestemmiare. Commuoveva e insieme raggelava sentirla: convocava al suo capezzale Dio e tutti i santi perché assistessero alla sua disperazione. (Non grida forse Giobbe, non grida Geremia?).

Mamma si guardava intorno piena di una stupida vergogna, ma lí nessuno sembrava far caso alle urla di nonna.

Non c'erano sedie e cosí, quando si fu calmata, rimanemmo in piedi accanto al suo letto, come due figurine di carta.

Adelina era pallida, immersa nei suoi pensieri. Ma, non appena vide l'infermiera, «C'è lo yogurt alle fragole?» chiese, golosa.

La musica del karaoke nella sala comune.

Le urla dei malati nel corridoio.

La vestaglia di popeline della nonna.

L'odore di disinfettante.

Il rumore di un piatto sbattuto nella stanza accanto, come una domanda ripetuta.

All'elenco dei ricordi spaventosi di quel pomeriggio in istituto, aggiungo la canzone di Dalida: quell'ottusa melodia che da giorni mi risuonava nella testa.

In questa, ho l'aria triste.
Non è indispensabile essere felici.

Nonna diceva che il tempo se ne sta sull'uscio di casa e aspetta, guardandoci vivere quel tanto che ancora ci resta.

Con lei non dovette aspettare a lungo.

Una settimana dopo essere stata dimessa, si impiccò a una trave della sua vecchia soffitta. L'ultima oscenità della sua esistenza. Da lí, da quell'irraggiungibile altezza, il suo sguardo continua a spaziare nella mia vita, in tutte le direzioni.

Alla suicida Adelina Gentile vennero negati i funerali in chiesa, il suo corpo fu congedato senza cerimonie. Il prete benedisse la salma direttamente al cimitero, poco prima della tumulazione – «per iniziativa personale» precisò – e se ne andò in tutta fretta. Quel giorno ci sentimmo dei miserabili davanti a Dio.

Dopo la sua morte, indagai come un poliziotto i segreti della vita di Adelina Gentile. Frugando nelle sue cose, studiando meticolosamente tutta la documentazione medica.

I suoi cassetti erano foderati con vecchi giornali. Tutte pagine di cronaca nera. Nonna adagiava la sua vita su ogni genere di nefandezze. Sofia avrebbe scelto una carta a fiori, lucida e resistente, capace di nascondere con gusto ogni imperfezione del cassetto, cosí come della sua vita. I fogli di giornale di Adelina, resi dal tempo piú duri e insieme piú fragili, quasi trasparenti, dovevano essere invece maneggiati delicatamente. Con le frasi tagliate a metà, senza inizio o senza fine, come sono a volte i pensieri, quelle pagine erano i maliziosi paraventi dietro i quali mia nonna si nascondeva.

I certificati dell'istituto erano tenuti insieme da un grosso elastico verde.

Prosciolta dal reato di atti osceni in luogo pubblico. Sottoposta alla misura di sicurezza di anni due di Opg. L'internata appartiene a un nucleo di ceto medio-borghese residente in un piccolo centro agricolo. La famiglia di origine, dal punto di vista sia morale che economico-sociale, gode di elevata considerazione pubblica. Coniugata con Giulio Vivier, professore di francese in un liceo classico. Il marito riferisce che la moglie rientra spesso a casa tardi.

Seguivano episodi di minore rilevanza.

Adelina aveva pagato a caro prezzo la sua vocazione all'oscenità.

I genitori non andarono mai a trovarla mentre era in istituto. Ma quando suo marito sparí, furono loro a prendersi cura di Sofia.

Questo soltanto sapevo. Mamma non voleva parlarne e chiedere a mio padre non sarebbe certo servito a conoscere la verità.

Nonostante le buone intenzioni, gli esercizi di avvicinamento tra me e papà non avevano mai prodotto grandi risultati.

Il primo ricordo che ho di lui è quello di una giornata in spiaggia, una giornata che mi parve infinita. Non eravamo mai stati insieme per cosí tanto tempo (mamma non era venuta). Sotto l'ombrellone non ci scambiammo una sola parola: lui, intento a leggere il giornale e a simulare il solito cattivo umore; io, seduta sulla sabbia a giocare, volgendogli ostinatamente la schiena. Al momento di fare il bagno, accadde però qualcosa di inaspettato.

Non sapevo nuotare e lui insistette per portarmi in acqua a cavalcioni sulle spalle. Provai a divincolarmi, gli urlai piú volte di farmi scendere, arrivai a supplicarlo tra le risate dei bagnanti, ma lui non ne volle sapere. Là in alto, sulle sue spalle, mi sentivo ancora piú piccola, e terrorizzata. Unito al mio, il suo corpo proiettava sulla battigia l'ombra di un gigante. Il piú spaventoso dei giganti.

Peccato non avere una foto di quel giorno al mare, il giorno in cui conobbi il vero corpo di mio padre. Quanto scialbo e insignificante mi era sempre parso dietro il lungo bancone del negozio, tanto audace e vigoroso mi sembrò allora in spiaggia. Per la prima volta, coglievo in lui una forza inesau-

ribile, quella tenacia che negli anni avrebbe contri-
buito a separarci.

Dopo il bagno, mi ci volle un po' per calmar-
mi. E quando, sotto il piccolo telo di spugna, il mio
cuore cominciò finalmente a rallentare, «Se domani è bel tempo, torniamo?» mi domandò papà, con
uno stupido sorriso sulle labbra. Pregai Dio che facesse piovere.

Sulla strada del ritorno mi sorpresi a calcolare
mentalmente quanti minuti mancassero all'arrivo
a casa.

Anche se in apparenza tutto sembrava rimanere
uguale tra noi, quando scendemmo dall'auto eravamo entrambi delusi l'uno dell'altra. Piú tardi, lo
sentii dire alla mamma che ci eravamo proprio di-
vertiti.

Di nuovo, dopo quella giornata al mare, io e papà ci perdemmo di vista.

Quando rientrava dal negozio, lo baciavo in fretta sulla guancia ma, prima ancora che si togliesse il loden, tornavo di corsa da *lei*. Ci sono cose a cui è impossibile resistere. La mia missione – sublime quanto irrealizzabile – era meritare finalmente l'attenzione di Sofia Vivier. La felicità di poter dire, come il piccolo contadino d'Ars, «Io la guardo e lei mi guarda», a me era negata. Mamma non mi guardava mai. Ma la sua indifferenza non faceva che accrescere il mio amore già smisurato.

È più facile capire le ragioni dell'odio che quelle dell'amore. Sospetto che se mia madre fosse stata una madre migliore, se non mi avesse continuamente esclusa dal suo mondo, se insomma mi avesse amata di più, forse non le avrei voluto così bene. La mia fantasia di bambina la trasformava, giorno dopo giorno, in una dea.

Nei cassetti di Adelina trovai anche delle fotografie, le stesse che continuo a guardare.

Molte sono in bianco e nero, in alcuni punti ri-
gate come vetri rotti.

In questa, nonna ha forse trent'anni (Sofia perciò doveva averne non piú di dieci). Posa accanto a
un'aiuola, gli abiti spiegazzati, una strana eccitazio-
ne negli occhi. Dietro di lei, un enorme edificio con
le finestre tutte chiuse, splendenti della luce che, in
una pala d'altare, rappresenterebbe la grazia di Dio.

Sul retro della fotografia, leggo la dedica: «Da
Giulio»; e mi sembra di sentire i passi del nonno
mentre si allontana lungo il corridoio dell'istituto,
dopo aver salutato la moglie.

Non seppi mai se Adelina avesse subito il «trat-
tamento». Se, come Janet Frame, mettesse le calze
grigie di lana (le sue sarebbero state blu, pensavo:
blu cobalto, come i suoi occhi).

La madre, la mia bisnonna, aveva il mio stesso
nome, o meglio, ero io ad avere il suo: Anna.

«Ma lei non era pazza» mi disse un giorno mia
madre, come per scusarsi. Immaginai che volesse bene a nonna Anna, dal momento che mi aveva
dato il suo nome. Non si può dare a una figlia un
nome che non si ama.

Oppure sí?

Qui nonna festeggia i suoi sessant'anni. Io sono in piedi su una sedia, la aiuto a spegnere le candeline.

Nelle fotografie i vivi e i morti hanno tutti sempre la stessa età.

«È vero che quand'ero bambina nonna mi costringeva a stare sulle punte dei piedi?».

Quante volte avevo interrogato mia madre su questa storia, e quante mi ero sentita rispondere che no, o forse sí, non ricordava.

«Ma come puoi non ricordare una cosa del genere, mamma?».

«Non è questo, Annetta. È che forse non è mai accaduto...».

Era stato papà a dirmelo, una domenica in cui un bicchiere di vino in piú gli aveva insolitamente sciolto la lingua.

«Quella pazza pensava che cosí ti si allungassero le gambe. Una sera ti riportammo a casa che a momenti svenivi dalla stanchezza...».

«Per l'amor del cielo, Antonio» lo aveva interrotto mia madre. «Di nuovo con questa storia...».

«Di nuovo, certo! So io quante ne ho dovute sopportare dai Vivier, in tutti questi anni!».

Di quella «storia» io non ricordavo nulla. Né ricordo nulla adesso.

Allora perché, nonna, non riesco a perdonarti?

Papà cominciò a soffrire di gotta. Troppe ore in piedi, disse il dottore. E poi l'età... L'età.

Nella testa non avevo che un'idea vaga di com'era stato mio padre da giovane (ma sapevo davvero quanti anni avesse allora?), e anche la giornata passata insieme al mare era ormai soltanto un ricordo lontano e sbiadito. L'immagine che avevo adesso di lui si impose perciò facilmente su tutte le altre.

Dell'uomo al quale avevo sempre mostrato indifferenza, osservavo ora ogni ruga, spiavo ogni affanno.

Per la prima volta l'eleganza di Sofia Vivier mi pareva al confronto futile, ordinaria, ma lo nascondevo anche a me stessa, come per impedire che un pensiero sapesse dell'altro. Quella tra mio padre e mia madre rimaneva un'equazione con molte variabili: troppe per un'unica soluzione. L'improvvisa vecchiaia – che pure, osservata da vicino, poteva sembrare patetica – donò ad Antonio Baldini una grazia sorprendente. Lavò via dal suo corpo ogni volgarità.

O forse, da quel momento, cominciai a capire mio padre.

Un orologio d'oro pendeva dalla cintura del gentiluomo ritratto in un vecchio dipinto a olio che avevamo in casa. Nulla lasciava dubitare che quell'orologio fosse d'oro; ma se mi avvicinavo alla tela, non vedevo che una muta macchia marrone contornata di giallo. E se di nuovo mi allontanavo, l'orologio tornava a risplendere.

Un pomeriggio – era quasi ora di chiusura – chissà perché Sofia volle fare una sorpresa al marito. «Andiamo a fare un saluto a papà in negozio» mi disse.

Quando sentí lo scampanellio della porta, mio padre uscí in fretta dal retrobottega, anticipando perfino i commessi.

Sofia – gli occhiali da sole, il golfino di cashmere, le morbide scarpe in pelle di vitello – era nel momento piú glorioso della sua giornata, quello in cui la sua bellezza, non piú fresca come un tempo, godeva della penombra del tardo pomeriggio. Io le tenevo la mano (sottomessa come sempre alla sua fallibile guida), ma invisibile da dietro il bancone, cosí che papà non si accorse della mia presenza.

Forse per il rapido passaggio dalla semioscurità del retro alla luce del negozio, nemmeno riconobbe sua moglie. La salutò come avrebbe salutato la migliore delle clienti («Buonasera, signora»), tendendole la mano e chinando la testa in un penoso atto di ossequio che un commesso, alle sue spalle, non mancò di commentare con un sorrisetto maligno. Incapace di risolvere subito l'impasse, Sofia si limitò a stringere la mano del marito e a ricambiare il saluto («Buonasera»), rendendo la situazione ancora piú surreale.

Papà riconobbe allora la sua voce, e sembrò disorientato: sbatté gli occhi, si scusò, non sapendo bene nemmeno cosa stesse dicendo, e ci fissò come se fossimo due fantasmi.

Quando ci riaccompagnò alla porta, lessi sul suo volto un'inconsolabile amarezza. Non avere riconosciuto sua moglie, averla anzi confusa con una cliente, equivaleva per lui a una terribile rivelazione.

Mi senti solidale con lui, con il suo smarrimento.

Lo ritrovo in quest'unica foto, un po' gualcita e strappata nell'angolo destro in basso. È in piedi sulla soglia di una stanza, in una casa che non conosco. La cornice della porta, altissima, incombe su di lui come un patibolo.

Chi ha scattato la fotografia?

Papà era infelice, come noi, non meno di noi. Scoprirlo fu elettrizzante, annullò subito ogni distanza. Finalmente qualcosa ci univa, faceva di noi una vera famiglia.

All'inizio mi chiesi se quella di Antonio Baldini fosse un'infelicità di riflesso, «rubata» a Sofia Vivier (perché continuavo a ridurre tutto a un inutile, crudele confronto tra mio padre e mia madre?) o se non l'avesse, invece, coltivata lui stesso, durante i lunghi giorni passati in negozio, a riordinare interminabilmente le pezze dei suoi tessuti: lana, cotone, lino, seta, chintz, organza, tulle…

Che importava, in fondo. Qualcosa lo corrodeva dall'interno, giorno dopo giorno. E qualcosa corrodeva anche me: mi accorgevo di aver avuto nei suoi confronti la stessa selvatica indifferenza che mia madre aveva per me, lo stesso crudele disinteresse. E mi illudevo ora (volevo illudermi) di poter rimediare. Il cuore mi batteva forte quando i nostri occhi si incontravano. Ma c'era un tale caos tra noi, una tale quantità di errori ripetuti nel tempo, che disperavo di venirne a capo.

Non riuscivo a perdonarmi di essere stata tanto odiosa con lui. Non gli avevo mai mancato di rispetto, è vero, ma la verità era che l'avevo sempre tenuto lontano dal mio cuore.

Cominciai a passare piú tempo in negozio. Mi ci addentravo come in una terra inesplorata, al solo scopo di imparare il linguaggio delle stoffe, capire cosa legasse papà a quell'infilata di scaffali su cui le pezze giacevano ordinate, con i loro larghi cartellini scritti a mano. Quando, seguendo un oscuro capriccio, mi arrampicavo sulla scala per dare uno sguardo ai tessuti sistemati in alto, lui ne era contento. «Imparerai in fretta» diceva. Aveva sempre desiderato emulare suo padre, aspirando al negozio fin dall'adolescenza, come prima di lui il nonno e il bisnonno. Doveva sembrargli naturale, perciò, che lo facessi anch'io.

Non stava fermo un minuto: mai avresti detto, a vederlo lavorare tanto instancabilmente, che era lui il padrone. «Pura lana», «Puro cotone», «Puro lino» diceva, mostrando il tessuto in controluce.

Imparai che le stoffe potevano essere «pure» e che di quella purezza mio padre aveva una conoscenza straordinaria.

Conosceva i nomi di tutte le sue clienti (la clientela del negozio era quasi esclusivamente femminile). Le salutava con gentilezza ma, mi accorsi, anche con un po' di apprensione. Chiedendo ora una stoffa ora l'altra, quelle lo guardavano sempre, a un certo punto, con occhi fin troppo eloquenti. Sapevano di Sofia, e cercavano di capire se anche lui sapesse... Soltanto adesso me ne rendevo conto: quel suo incessante riordinare in negozio nascondeva il desiderio disperato di dare un ordine anche alla sua vita (forse presagendo che non ci sarebbe riuscito mai).

Di quel mondo, mio padre percepiva la voce riposta, cosí segretamente triste, che io, allieva distratta, per settimane non provai nemmeno ad ascoltare.

L'astio che avevo provato per Clara Bigi – e che per lei provavo ancora, anche se in altra forma – lo trasferivo adesso ai commessi, che spettegolavano su tutto, in particolare sulla differenza di età fra mia madre e mio padre («Ma quanti anni ha meno di lui? Sembra sua figlia…»).

Mi pareva che le cose fossero peggiorate dopo l'«incidente» con Sofia Vivier di quel pomeriggio di un mese prima, che da allora cioè i commessi avessero preso a mancargli di rispetto. Ma non era così.

Purtroppo, fuori del negozio le voci su Sofia Vivier e i suoi amanti si moltiplicavano.

Talvolta, temendo di essere tornato a casa in un momento poco «opportuno», papà si attardava nell'ingresso un paio di minuti prima di entrare in salotto, dove mamma lo aspettava, mezzo addormentata davanti alla tv. «Scusa, avevo chiuso gli occhi un attimo…» gli diceva, mentre lui rimaneva a guardarla, disarmato dalla sua bellezza.

Nessuno dei due sapeva cosa dire.

In passato, secoli prima, dovevano essersi amati. Ma poi qualcosa aveva rovinato tutto.

(Ero io quel qualcosa? Chi dei due era meno deluso della sua creatura?)

Dimagriva, ed era sempre piú stanco. In casa, la sua presenza si fece via via anonima, silenziosa. Nemmeno l'eco delle passate intemperanze contro i Vivier gli risuonava piú nella voce.

Continuava ad andare in negozio, ma le sue mani non correvano piú sulle stoffe, non contavano piú i soldi della cassa. Passava sempre piú tempo chino sui conti, come perso, finché il suono del campanello sulla porta non lo strappava ai suoi oscuri pensieri. Nei giorni di pioggia, le giornate in negozio parevano interminabili. Smisi di andarci.

Era un segnale, papà voleva dirmi qualcosa e non riusciva a farlo altrimenti. Ma non decifrai il suo silenzioso messaggio. E i dipendenti, quando non si sentirono piú controllati, si abbandonarono a infinite, sfacciate ruberie.

Il verdetto dei medici fu unanime (con la parola che non voglio ripetere). Piú di una volta ebbi, però, il dubbio che ci fosse qualcosa di «volontario» in quel suo improvviso invecchiare, che il declino gli venisse «da dentro», se riesco a farmi capire.

Un mattino fu colto da un forte mal di stomaco, corse in bagno, vomitò. Poi, la fine irrevocabile. Il futuro di cui mai volevamo parlare irrompeva nelle nostre vite e non ci trovava pronti.

La bara – di legno chiaro senza intarsi e foderata del miglior damasco fatto arrivare dal negozio – fu sistemata in salotto. I fiori rendevano l'aria nella stanza umida e soffocante.

Sofia fissò a lungo suo marito quel giorno, col medesimo sguardo con cui di solito contemplava gli alberi oltre i vetri della finestra. Scavava con lo sguardo un buco nel legno della bara, forse provando, attraverso quel varco, a fuggire da sé stessa.

Anch'io fissai a lungo papà. Aveva indosso un vestito grigio scuro, la cravatta perfettamente annodata. Pareva altissimo, perfino piú alto di quanto non mi fosse sembrato quel giorno in spiaggia; stava lí, esposto allo sguardo di tutti, come un oggetto qualunque.

«È sereno».

«Sembra che dorma».

«È in pace, sí».

Di colpo, le tende – le migliori tende della Premiata Ditta Baldini – svolazzarono verso l'interno, come a voler salutare il defunto, e fecero cadere uno dei vasi con i fiori (che Clara Bigi, con la solita crudele imperizia, aveva sistemato troppo vicino alla finestra). Quando il vaso s'infranse sul parquet, mamma fece cenno a Clara di non preoccuparsi. «Era già sbreccato. Non importa» sussurrò.

Non importa: mi parve che, con quelle parole, stesse inavvertitamente rivelando un pensiero nascosto su suo marito, sul loro amore perduto.

Si scatenò un temporale, ma durò poco. Nel gran silenzio del primo pomeriggio, il cielo tornò presto al suo azzurro spietato.

Di suo marito Sofia diceva che era troppo «saggio», che pensava solo agli affari, senza mai concedersi uno svago, un piacere. Le rare volte che distrattamente apriva il cassetto dove papà riponeva le chiavi del negozio, subito si affrettava a richiuderlo. Non per disgusto, ma perché l'istinto le diceva di starne lontana.

Dopo la morte di papà, si aggirava in negozio sentendosi un'estranea. Anche dietro al bancone, continuava a sembrare una cliente.

Il negozio la respingeva, sembrava non volerla.

Mentre controllava le scorte, perse subito un anello di valore, che non fu più ritrovato. Qualche settimana dopo, qualcuno scrisse di notte sulla serranda una frase oscena (che tutti, ovviamente, pensarono diretta a lei). Ne nacquero altri pettegolezzi. La serranda fu riverniciata nel primo pomeriggio, quando per strada non c'erano che pochi passanti. Soffrii in silenzio con mia madre fino a quando ogni parola non fu cancellata.

Due mesi dopo, sempre di notte, ci fu un furto. Mamma continuava a scuotere la testa di fronte a quella nuova insopportabile violazione. E sarebbe rimasta lí tutto il giorno a fissare la porta a vetri in frantumi (la nuova insopportabile violazione), se i poliziotti non avessero insistito perché tornasse a casa.

Da allora, affidò le chiavi del negozio al commesso piú anziano, non preoccupandosi di controllare gli orari di apertura e quelli di chiusura, né di verificare perché gli incassi diminuissero giorno dopo giorno, e gli scaffali si andassero progressivamente svuotando. Ascoltava il resoconto settimanale del capocommesso (sempre molto sintetico) quasi riconoscente. Fingeva di controllare i registri contabili, ora corrugando ora distendendo la fronte, come se volesse obbligarsi a conservare un certo contegno. Ma non appena il capocommesso andava via, tirava un sospiro di sollievo.

Per settimane nascose a sé stessa la verità. L'assicurazione fu chiara: non ci spettava alcun indennizzo, i premi non venivano pagati da anni. E da lí in avanti la situazione precipitò.

Non passava giorno che non si presentasse qualcuno a esigere soldi, con documenti e note di credito che però lei nemmeno guardava. Ne aveva orrore.

«Allora, li ha o no i miei quindici milioni?».

«Ma non aveva detto quattordici, l'ultima volta?».

«Quattordici milioni e settecentomila, signora, ma poi bisogna aggiungere il rinnovo della cambiale, i bolli, le spese. È una fortuna che lei abbia a che fare con me, sa? Un altro, al posto mio…».

«E a quanto ammonta il debito, adesso?».

«Quindici milioni e duecentomila, ma ho arrotondato a quindici. Firmi qui…».

Ce la faremo, diceva, con un filo di voce. Ma in realtà si era già arresa da tempo. Per una settimana si chiuse nello studio, cercando di venire a capo della contabilità. Ne uscí sgomenta.

La storica Ditta Baldini era in rovina. Il negozio – che pure aveva resistito a due guerre, e che sembrava destinato a durare in eterno – venne messo in vendita con un misero cartello verde affisso al centro della serranda, ormai definitivamente chiusa.

Fino ad allora, eravamo rimaste come in angosciosa attesa del peggio. Ma quando il peggio arrivò, ce ne sentimmo quasi sollevate.

Clara Bigi fu licenziata.

Ce la lasciammo alle spalle come un brutto sogno. Nonostante ci avesse tormentato per anni, mandarla via non ci restituí subito la serenità: eravamo come un giocatore che, vincendo finalmente una mano, non riesce comunque a recuperare tutto quello che ha perduto.

Quanto al licenziamento, dopo la morte di papà la decisione era stata piú volte rimandata. «Lui non avrebbe voluto» ci dicevamo. Se rimandavamo, però, era anche perché ci preoccupava dover affrontare la questione. È vero che da qualche tempo Clara sembrava cambiata, ma io e mia madre continuavamo a non fidarci. Come avrebbe reagito? Saremmo rimaste ancora chissà quanto nella nostra indecisione se quel giorno non avesse commesso l'errore che le si rivelò fatale.

Per molti mesi, prima della malattia, papà aveva ricevuto in negozio lettere anonime piene di insulti nei confronti di mamma. Dopo un po', aveva smesso di aprirle: le metteva in un cassetto e le teneva lí, pensandoci tutto il giorno, fino a quando la sera non le consegnava alla moglie. Anche Sofia ne soffriva, profondamente: nel vasto catalogo delle sue inquietudini, i pettegolezzi occupavano intere pagine. Al pari di sua madre, sembrava destinata a dare scandalo. Solo che, mentre Adelina era «pazza», lei era «puttana»: cosí era scritto nelle lettere, cosí mormoravano gli estranei alle sue spalle.

Quel giorno Clara era in ritardo, e questo spiega come mai non imbucò la lettera. La dimenticò nel cestello della bici, che lasciava sempre accanto al portone del palazzo. Quando uscí a comprare il latte, mamma riconobbe l'orribile busta su cui l'indirizzo era scritto con i caratteri trasferibili (come nelle richieste di riscatto), e subito capí. Fu, per Clara, la condanna definitiva, e per noi la salvezza.

Clara fuggí, mamma chiamò la polizia. Dieci minuti dopo, la luce di una sirena lampeggiava giú in strada. Sofia Vivier parlò a lungo con un uomo in divisa che sembrava conoscere bene, e alla fine ottenne di firmare lí la denuncia, senza necessità di andare in commissariato.

Cercò di tenermi segreto il motivo del litigio con la domestica, ma poi non resistette e quella sera stessa mi raccontò tutto: le lettere anonime, la vergogna sopportata per cosí tanto tempo.

Scuoteva la testa, desolata: «E io che ero stata cosí buona con lei…».

Non era stata buona, era stata debole, ma questo non glielo dissi.

La bicicletta era rimasta accanto al portone. Fuggendo, Clara doveva aver pensato di non avere abbastanza tempo per riaprire il vecchio lucchetto. C'era qualcosa di spiacevole in quella bici, che per mesi aveva diffuso nella nostra piccola città l'infamia di Sofia Vivier. Fu un sollievo, il mattino dopo, scoprire che non c'era piú.

«È finita, mamma».

«Sí, è finita».

Ma sapevamo entrambe che non era vero. Dopo quell'ennesimo scandalo, la reputazione di mia madre era ormai corrosa piú del lucchetto di Clara.

Quando uscimmo a fare compere, molti voltarono la testa per evitare di salutarci. La gente è sciocca.

Continuammo la nostra passeggiata fino ai margini della città, in quelle strade di periferia che noi conoscevamo benissimo, ma dove nessuno ci conosceva.

Non parlammo mai piú di lei, e cosí quel fragile filo di complicità che una volta ci aveva unite si spezzò. Un nuovo silenzio cadde tra di noi, occupando il posto che era stato di Clara. E a me sembrava di stare peggio, quasi desideravo altre disgrazie, qualcosa che di nuovo potesse avvicinarci.

Soltanto molti anni dopo, il nome della domestica emerse dai ricordi di mia madre, come da una nebbia. E quando lo pronunciò, sembrò a entrambe un triste presagio.

Lasciavamo appassire i nostri ricordi. Già dopo pochi mesi dalla morte, anche papà scomparve dalle nostre conversazioni. Eppure, in segreto, non facevamo che pensarci.

Ogni tanto scoprivo mamma con la piccola fotografia che avevamo fatto stampare per il trigesimo. La teneva nel portafogli: era del tutto normale per lei associare suo marito al denaro. Io invece la conservavo nel libro di poesie, tra quelle pagine lette cosí tante volte e mai davvero capite. *Les Regrets*, *I rimpianti*. Sí, era quello il posto giusto per papà.

Era strano vivere da sole in quella grande casa. La sera era il momento peggiore della giornata.

Una profonda tristezza ci coglieva per cose apparentemente senza importanza, come il fragore della serranda del negozio all'ora di chiusura.

In questa, una donna che non conosco guarda in basso, verso di me. E i miei occhi sembrano dire: Dove sei, mamma? Che senso ha questo tormento?

Di nuovo, cominciò a uscire tutte le sere.

Il suo aspetto era perfettamente in ordine, quando rientrava: il cappotto di velluto, il foulard di seta, il filo di perle. Ma subito correva in camera da letto, perché non sentissi l'odore dell'alcol. Soltanto dopo un po' bussava alla mia porta. «Cosa fai, Annetta? Leggi? È per la scuola?».

Era ancora bella, ma da qualche tempo il suo volto mostrava una fissità inquieta, che la faceva somigliare sempre piú alla nonna.

«Non vado piú a scuola, mamma. Ho preso il diploma l'anno scorso, ricordi?».

«Sí, certo…» mentiva.

Piú tardi, davanti alla tivú, mi avrebbe chiesto se ero felice, e io, mentendo come sempre, le avrei risposto di sí. «Brava, Annetta» avrebbe aggiunto lei, stringendomi forte, fino a farmi male.

La vita non è meno della letteratura. Bisognerebbe studiare a scuola l'infelicità delle nostre madri.

Una mattina le dissi di volermi trasferire nello studio. «Perché?» chiese. La mia stanza era ampia e luminosa, ben arredata e con una bella tenda a fiori; lo studio, invece, angusto e freddo, spoglio come la cella di una monaca. Lei lo conosceva bene. Da quando papà era morto, ci trascorreva anche piú tempo di prima.

«È proprio necessario?» insistette, senza guardarmi.

Speravo che varcare quella soglia potesse contribuire ad avvicinarci. E invece Sofia la considerò un'invadenza, una specie di imposizione, che finí per allontanarla irrimediabilmente.

Da quel giorno, lo studio divenne per me la stanza del castigo.

Nel periodo in cui la sua vita era già alla deriva, Sofia Vivier prese a organizzare piccole feste in casa.

Vi partecipavo raramente, e quando c'ero me ne restavo comunque in disparte, seduta sulla mia sedia col doppio cuscino, che avrebbe dovuto farmi sembrare un po' piú alta nelle intenzioni di mia madre, e che invece riusciva solo a rendermi piú ridicola.

Le labbra di Sofia Vivier luccicavano di un rossetto color corallo, che le dava un'aria felice.

Capii chi era quell'uomo appena la sentii ridere nel modo sbagliato, nel momento sbagliato. Non ci presentò, ma piú tardi mi chiese: «Simpatico, vero?».

«No. Non mi piace».

«Perché?».

«Perché no».

Era la prima volta che la contraddicevo. «Cosí piccola e cosí crudele, Annetta...» mi disse, a metà di uno dei suoi sorrisi. E mi tirò a sé, lasciandomi sulle guance, come un graffio, l'ultimo filo di rossetto.

Valerio aveva dieci anni piú di me, e venti meno di lei. Era alto e, a modo suo, anche bello, di una bellezza animalesca, le sopracciglia folte e gli occhi di un nero cupo.

Venne a vivere da noi dopo un paio di settimane. Si sistemò nella mia vecchia stanza. Agli amici e ai conoscenti mamma disse di aver dato una camera in affitto: «La casa è grande, c'è tanto spazio...». Ma nessuno le credette.

Ogni notte sentivo la porta della camera matrimoniale aprirsi lentamente, dopo lo scatto della maniglia. Una volta, fingendo di dover andare in bagno, uscii in corridoio nel momento in cui lui passava. Ci urtammo.

«Mostriciattolo...» sussurrò.

Quella parola continuò a girarmi nella testa fino al mattino. La mia presenza rovinava forse i suoi piani? O semplicemente non riusciva ad accettarmi?

Si lasciò crescere le basette: ancora adesso non saprei dire se lo rendessero piú interessante o piú ridicolo. Sentivo però che, col passare dei mesi, si rafforzava in lui la convinzione d'essere diventato il padrone.

Non essendoci piú una domestica, era mamma a lavargli e stirargli le camicie (con papà non lo aveva fatto mai).

A colazione, bevuto il primo caffè, ne chiedeva subito un altro, senza nemmeno alzare la testa dal giornale. Rimaneva a leggere fin quasi all'ora di pranzo, i gomiti puntati sul tavolo. Il suo sguardo era sempre pieno di sfida quando incrociava il mio, ma la mobilità delle pupille tradiva ogni volta la sua debolezza. Se a tavola mi sedevo di fronte a lui, cambiava subito posto. E se io lo seguivo, si spostava di nuovo. Un giorno, al culmine di quella ridicola pantomima, finí col sedersi al posto dove un tempo sedeva mio padre e che dalla sua morte nessuno aveva piú occupato. Io e mamma lo guardammo contrariate, ma lui decise di ignorarci. Resistette fino al caffè, poi tornò a sedersi accanto a mia madre. Era un debole, un perdente. Proprio come noi.

Presto la pensione di papà non bastò piú. Mamma era sempre piú distratta. Valerio insisteva per «regolarizzare» la loro situazione. Le chiese di sposarlo. Lei, a sorpresa, tergiversò. Per una volta, la sua congenita incapacità di riconoscere l'amore le fu di aiuto.

Alla sua festa di compleanno, il quarantanovesimo, invitò una decina di vecchi amici. Quella sera sciolse i capelli, bevve troppo. Il suo corpo si tese verso Valerio piú di una volta, ma fu sempre respinto, sotto lo sguardo imbarazzato degli ospiti.

Poi, la lite furiosa.

Valerio lasciò la casa quella notte stessa. Raccolse in fretta le sue poche cose e le cacciò alla rinfusa nella vecchia valigia di cuoio che era stata di papà.

«Che fai, mostriciattolo, spii?» mormorò, la voce piena di rabbia.

Lo spiavo da mesi in effetti, con ostinazione. Quando lasciava la sua stanza per andare in quella di mia madre, mi avvicinavo in silenzio alla porta lasciata socchiusa, e guardavo all'interno: i farmaci sul comodino (integratori e antistaminici per lo piú: anche nella malattia era solo un patetico impostore), gli abiti sulla sedia, i pochi spiccioli lasciati nel vuotatasche (segno che di lí a poco sarebbe tornato ad attingere dalla borsa di mamma). Annusando quell'aria viziata, riuscivo perfino a capire quanto potesse aver bevuto e fumato. A volte capitava che mi arrischiassi oltre la soglia, per frugare nel suo cestino o addirittura stendermi sul suo letto. Subito dopo correvo nella mia stanza, tremando al pensiero del pericolo appena corso e ignorando completamente perché lo avessi fatto. Lasciavo che il mio cuore smettesse di galoppare e che il sollievo arrivasse a poco a poco, fatalmente, senza gioia.

Spiavo Valerio come già avevo spiato la vita di nonna Adelina. E come, prima ancora, avevo spiato la morte del gatto.

Soltanto nei silenzi di mia madre non riuscivo a spiare.

Valerio staccò un piccolo quadro dalla parete del salotto – un Morlotti, l'unico sopravvissuto alla furia dei creditori – e si chinò ad allacciarsi una scarpa. Chiusi gli occhi. Temevo che potesse farmi del male, oppure rapirmi (sí, rapirmi, e mi chiesi se mamma avrebbe pagato il riscatto).

Ma lo sentii aprire la porta. Nessun rapimento. Scappava e basta, il quadro sotto il braccio.

Me ne stetti infreddolita sulla soglia per qualche secondo. Poi, con la chiave di casa stretta nel pugno, uscii sul pianerottolo e mi affacciai nella tromba delle scale. Sospesa in quel vuoto, lo inseguii con la mente, la mappa del mondo esterno stampata nella mia testa: la passatoia verde dell'androne, il giardino condominiale, la pasticceria.

«Annetta…». La voce veniva dalla camera matrimoniale in fondo al corridoio.

Mi voltai, il cuore in subbuglio. Ci mancò poco che mi cadessero gli occhiali.

«Dove sei?».

«Qui, mamma».

«Va' a dormire, tesoro. È tardi».

Quando tornai a letto, ansimavo come dopo una corsa. Sul palmo della mano la chiave mi aveva lasciato un'impronta simile a una croce. La baciai.

Nel silenzio della mia stanza, sotto le lenzuola di lino, tutto si mescolava pigramente: il dolore e il piacere di non crescere, la gioia e la disperazione di restare in quella casa. Anch'io sarei andata via prima o poi? Intanto, desideravo che la mia vita rimanesse cosí, esattamente com'era sempre stata.

Fin dall'inizio, mamma aveva giudicato un errore la mia scelta di proseguire gli studi dopo il liceo, e forse aveva ragione. Ero una terra non arata, come avrei potuto produrre anche una sola spiga? E i soldi? Dove avremmo trovato i soldi? Non era ragionevole.

Pure, il giorno della laurea la sentii parlare al telefono con una conoscente, una delle poche che ancora veniva a farci visita dopo lo scandalo di Valerio: «Annetta è stata bravissima. Siamo felici».

Eravamo felici, dunque.

Ma quando alzai gli occhi, le vidi sulle labbra il solito sorriso scialbo, dimesso. Ebbi paura che avesse già cambiato idea.

Passò l'intero pomeriggio nella consueta scontentezza. E in me affiorò l'idea che ancora mi sgomenta. Mia madre non sarebbe mai stata felice.

L'anima è in pace solo nei luoghi che conosce. Sofia non conosceva che le ombre della stanza in cui Adelina l'aveva condotta da piccola (e nella quale anch'io, poi, desiderai tanto entrare, battendo alla porta fino a esservi ammessa).

Fu come mettermi in bocca una piccola zolla di terra, e deglutire.

L'articolo che apparve sul giornale locale con la notizia della mia laurea in lettere celebrava la mia forza di volontà. («La figlia dello storico commerciante Antonio Baldini», c'era scritto). A dire il vero, la cosa piú difficile per me non era stata studiare, ma dover andare ogni mattina all'università. Facevo una fatica enorme a salire sui treni che la gente prendeva d'assalto al mattino e, se non trovavo posto a sedere, era difficilissimo reggermi in piedi. Capitava spesso, poi, che l'altoparlante annunciasse l'arrivo su un altro binario; nello scompiglio che seguiva, io allora non provavo nemmeno a correre, sapevo già di averlo perso, e me ne tornavo a casa. A volte mi fermavo in pasticceria, da Augusto, e compravo un dolce che mangiavo poi nei giardinetti vicino a casa. Sedevo sempre su una panchina già occupata, in genere da un anziano. Ci salutavamo, riconoscendoci: eravamo quelli che non hanno nulla da fare.

Pochi giorni dopo essermi laureata, ricevetti un'offerta di lavoro. Proveniva da un istituto scolastico parificato. Il direttore aveva conosciuto mio padre, ne conservava «un caro ricordo», scriveva. Avrei insegnato italiano e filosofia nella terza classe di un liceo scientifico: tre giorni a settimana, a tempo indeterminato.

Non risposi mai alla lettera e non ne feci parola con mia madre. Sapevo già cosa avrebbe detto, e sapevo che non sarei stata capace di ribattere (con lei avevo l'impressione di non riuscire mai a esprimermi nel modo giusto).

La sola idea di deluderla era per me insopportabile. Come spiegarle che quella proposta tanto importante per il mio futuro non mi interessava? Che avevo imparato dal mio corpo ad accontentarmi dello stretto necessario, a rinunciare a ogni ambizione, a farmi bastare quello che avevo già. Il poco che avevo già.

Da mesi ormai il portone sul retro rimaneva chiuso. Nessuno veniva piú a trovare Sofia Vivier, né lei aveva piú bisogno di evitare gli sguardi indiscreti dei vicini.

Cominciò a eludere diversamente la vita.

Non c'era mai quando rientravo. Continuava a non darmi le chiavi, forse temendo che potessi rientrare in un momento «sbagliato» (come un tempo aveva temuto di fare papà), perciò dovevo aspettarla. Se pioveva, andavo a ripararmi nella chiesa vicina, quasi sempre aperta. E allora pregavo che tornasse a casa sana e salva, che non la ritrovassero morta, abbandonata in un fosso. A volte mi scoprivo a piangere, come se fosse già accaduto.

Quella sera, mentre l'automobile correva veloce verso di lei, Sofia Vivier stava sistemandosi un orecchino. Lo stringeva ancora nel pugno, quando la portarono in ospedale. Delirava, l'ombretto azzurro scurito dal sangue che le colava dall'attaccatura dei capelli. Distesa sulla barella, scambiava le luci al neon con i fari dell'automobile che l'aveva travolta.

Pare che un uomo le avesse urlato: «Attenta! Attenta!», ma che lei non avesse sentito.

«Ricordi, mamma?».

«Sí, certo che ricordo». Ma quella certezza subito le svaniva dalla mente. «Sono morta, vero?» chiedeva.

E quando provavo a rassicurarla, dicendole che no, non era morta, che le avevano ricomposto la frattura e ingessato la gamba, i nervi le affioravano sulla fronte calda di febbre. «Sono morta... Sono morta e tu non vuoi dirmelo» insisteva, gli occhi lucidi e smarriti.

Mi dispiaceva contraddirla e cosí, perché non si agitasse, le dicevo una bugia.

Le davo quella dolce parola proibita, come ai bambini si dà lo zucchero prima della medicina. Lei sembrava allora dimenticare la gamba ingessata, pesante come un macigno, e sul viso le tornava la solita, quieta espressione di porcellana.

L'idea della morte la placava. Si addormentava quasi subito.

Per i quaranta, lunghi giorni di ricovero, sperai che la morte non l'amasse piú di me.

L'incidente operò un sortilegio sul corpo di mia madre. Cominciò ad avere freddo, un freddo terribile, del tutto indipendente dalle condizioni atmosferiche. Da quel giorno, non le vidi mai le braccia scoperte.

Pareva inseguita dall'inverno. Lei stessa tracciava attorno a sé un gelido cerchio d'ombra: nelle giornate piú tiepide, quando fuori della finestra anche le foglie dei platani sembravano presentire la primavera, accostava le imposte; nelle belle giornate estive, invece, restava seduta in poltrona, le mani sulle palpebre chiuse, per ripararle dalla poca luce che filtrava attraverso le tende. A volte accendeva la stufa, e si decideva a spegnerla solamente quando sentiva avvampare la pelle: non perché avesse caldo, ma perché desiderava che il freddo tornasse.

Nell'oscurità del salotto, le sue pupille correvano alle pareti ormai spoglie e da lí, seguendo un pensiero infinito, giravano intorno alla stanza, fino a fermarsi nel vuoto sopra la mia testa.

In quei momenti il mio cuore accelerava. «Mammina, sono qui...» avrei voluto dirle, ma sarebbe stata una cattiva idea, perché allora avrebbe subito allontanato lo sguardo.

Imparai negli anni a stare come una cosa piccola e morta sotto gli occhi immobili di mia madre. La piú piccola e morta di tutte le cose.

«E i Lalique? Sono ancora nella cassapanca? Va'
a prenderli» diceva. Ma dopo che le avevo mostrato, uno dopo l'altro, quei piccoli e preziosi cristalli,
mi ordinava di metterli via, la voce carica di risen-
timento. «Via, via. Non voglio vederli mai piú». E
di nuovo, il giorno dopo, mi chiedeva di prenderli;
di nuovo il sangue le affluiva alle guance; di nuovo
esigeva che li nascondessi per sempre. Dopo aver
dedicato a loro quasi tutta la vita non desiderava
ora che dimenticare quegli oggetti, condannarli
definitivamente al buio della cassapanca. Oppure
disfarsene, congedarli prima della fine.

«E i cachepot di porcellana?».

«Li hai venduti all'asta l'anno scorso, mamma».

«Bene. E i bronzetti di Troubetzkoy?».

«Anche loro...».

Ricordava precisamente dove e quando aveva ac-
quistato ciascuno di quegli oggetti, cosí come l'esat-
to momento in cui se n'era solennemente privata.

Mi chiedeva di aprire tutti i mobili del soggiorno, del salone, della sala da pranzo. Lí dove c'era
stato il servizio di piatti Herend – gli stessi dei nostri pranzi segreti – ora dominava un grande e nobile vuoto, in cui lei si rispecchiava, lo sguardo fie-
ro di chi sa di aver compiuto la propria missione.

«Non avere piú» è una maturazione dell'«avere»: ne rappresenta l'esito astratto, la sublimazio-
ne, il vertice spirituale.

Ignorava Sofia Vivier che la distinzione vera, e
perciò piú crudele, è tra l'«avere» e il «non avere»
(tra l'«avere» e il «non avere avuto mai»).

L'infelicità è irragionevole. C'è chi ne è oppresso già alla nascita e chi, sopperendo alla mancanza di predisposizione naturale, rimane cosí a lungo a contemplarla in sua madre da arrivare a sentirne nella pelle gli spini.

Nel periodo della sua vita in cui smise di tingersi i capelli, la sua somiglianza con Adelina divenne ancora piú evidente. (Nessuna donna dovrebbe mai smettere di tingersi i capelli: fingere richiede costante applicazione).

Smise di uscire.

A poco a poco ridusse anche in casa il perimetro dei suoi spostamenti, limitandosi a percorrere adagio, avanti e indietro, lo stretto corridoio che collegava la camera da letto alla cucina e al bagno.

Riportati su una mappa, quei movimenti avrebbero disegnato una serie di punti lungo una retta, sospesa nel vuoto della nostra grande casa.

Camminare lentamente le permise di non stare al passo con le giornate. Com'era già accaduto alla nonna, restò tanto indietro che, a un certo punto, anche il tempo sembrò rallentare.

Un giorno bussò alla porta della mia vecchia stanza. Per un attimo pensai che cercasse Valerio, ma no: Valerio era già cancellato dalla sua memoria.

Non fu affatto stupita di trovarmi in quella che non era piú la mia camera da almeno dieci anni e dove, da quando Valerio se n'era andato, passavo tuttavia gran parte del mio tempo.

«Mamma…».

«Annetta, prepara la cartella. Devi andare a scuola. È tardi».

Avevo ventotto anni.

Fosse dipeso da me, avrei chiamato il medico molto prima; ma lei non voleva, e cosí per mesi fingemmo di non vedere quello che le stava accadendo.

Non ne parlavamo mai: per pudore forse, o forse perché, all'epoca, ci credevamo ancora sane.

Se ci prendeva l'inquietudine, mettevamo tra noi come un cuscino di piume, una morbida barriera nella quale i nostri silenzi affondavano senza farci troppo male.

E ciò che doveva accadere, alla fine, accadde.

«La piccola può restare, se vuole» disse a mia madre il dottore, prima di visitarla.

Per via della statura, continuavo a sembrare molto piú giovane di quanto non fossi. Le persone si curvavano verso di me come si fa con i bambini. A volte temevo che potessero provare a prendermi in braccio.

«Trattenga il fiato… Ora faccia un bel respiro».

Le scapole di Sofia Vivier si sollevarono come due piccole ali.

Il dottore spostava lo stetoscopio da un punto all'altro della sua schiena delicatamente, come indovinandone la passata bellezza, e intanto fissava lo sguardo su un punto imprecisato della parete. In quel momento, le ombre grigie lasciate dai quadri – i quadri che eravamo state costrette a vendere – mi parvero di uno squallore intollerabile.

Quando ebbe finito, chiese dove potersi sedere. Lo osservai riempire due pagine fitte fitte, la testa dai radi capelli biondi china sul ricettario. Poi si congedò frettolosamente.

Mi sembrò che lui e mia madre evitassero di guardarsi negli occhi.

Mentre lo accompagnavo alla porta, uno scarafaggio attraversò veloce il corridoio, rintanandosi nel battiscopa. Sperai che non l'avesse visto.

«Allora?» le chiesi, indicando la ricetta, quando tornai in camera.

«Niente. Scemenze».

Ma il tono della sua voce era cambiato.

«Piega la tovaglia, Annetta» mormorò dopo cena, accomodandosi meglio sulla sedia. La vestaglia le pendeva larga dalle spalle.

Accostammo le nostre piccolezze sul divano, e passammo cosí il resto della serata.

Dietro i vetri, le foglie dei platani fremevano nell'oscurità.

La malattia prese Sofia Vivier dolcemente. La condusse per mano in un mondo sconosciuto, ma nel quale lei sembrò subito a suo agio. Il suo corpo mostrava una dimestichezza secolare con la malattia, un'esperienza che le veniva direttamente dagli antenati: nella sua famiglia in molti avevano scontato, generazione dopo generazione, saluti malferme, patologie ereditarie, mali oscuri.

Per anni non uscimmo che per andare da un medico, tornando ogni volta a casa con ricette che rendevano la sua malattia sempre piú enigmatica.

Cosa frenasse le sue gambe restava un mistero. Le radiografie provavano che l'intervento, dopo l'incidente, era perfettamente riuscito. E a un certo punto parve addirittura aver ripreso il suo bell'incarnato.

Eppure soffriva, era evidente: di una sofferenza vaga, astratta, che neppure lei riusciva a comprendere.

Percorse il tortuoso sentiero della malattia col solo aiuto di una gruccia, un'umile protesi leggera il cui colore ricordava il bianco opaco delle ossa. A quell'oggetto si affezionò come a un muto compagno, al punto di non separarsene mai: lo voleva accanto a sé anche quando era seduta, quasi avesse paura di perderlo. I medici sostenevano che non ne avesse bisogno, ma di loro Sofia Vivier non si fidò mai. Solo lei sapeva quanto fragili fossero le sue fondamenta.

Sul suo volto, ancora bello, era apparsa una piega d'amarezza. Riconoscevo in lei l'antica pena di Adelina. E la amavo, perdutamente.

Quando le chiedevo «Come stai oggi?», rispondeva con un semplice cenno del capo.

Le mani le tremavano di continuo. Ferme, in nome di Dio, state ferme, avrei voluto urlare.

In questa è da sola, seduta al tavolo di un ristorante. Alle sue spalle, la gruccia poggiata alla parete racconta, in modo scandaloso e insieme naturale, quale tormento le costerà, di lí a poco, alzarsi e riprendere a camminare, un passo dopo l'altro.

Eppure, mentre sullo sfondo quel bastone ne dice la rovina, Sofia Vivier sorride, per una volta a labbra dischiuse. E basta questo a far bella la fotografia.

Vivevo quelle giornate, tutte apparentemente uguali l'una all'altra, con una esaltazione straordinaria. Ero sempre accanto a lei. Quando provava faticosamente ad alzarsi dalla poltrona e a camminare, ero *io* il suo sostegno, *io* la sua gruccia. Le stringevo il braccio, riconoscente. Con quanto egoismo gioivo all'idea che avesse finalmente bisogno di me!

Negli anni, la malattia di mia madre attraversò molte fasi, durante le quali, inseguendola disperatamente, anche lei cambiò. Poco per volta, ogni giorno. Fino al momento sciagurato in cui tutti quei piccoli cambiamenti si addensarono all'improvviso, trasformandosi in crudeli segnali.

Dormire le divenne sempre piú difficile. Ormai rifiutava il letto (la posizione supina doveva sembrarle un triste, profetico annuncio); preferiva riposare in poltrona. (Cosí andava benissimo, diceva. Ma già dopo pochi minuti doveva cambiare posizione.) La finestra del salotto rimaneva quasi sempre chiusa, le tende tirate. Voleva, però, che la luce fosse sempre accesa. Si lamentava dell'oscurità anche piú del dolore al petto.

Fuori, il vento continuava ad agitare le chiome

dei platani: inutilmente, adesso che lei non le guardava piú.

Un giorno mi chiese di comprarle dei fiori, lo feci ma poi ci accorgemmo di non avere piú vasi. Noi che ne avevamo avuti a dozzine.

C'è chi sostiene che la malattia abbia un'essenza spirituale: forse perché confina con la morte, forse perché ne è il retroterra piú sacro. Se questo è vero, nei suoi ultimi giorni Sofia Vivier raggiunse la santità.

«Quanto viene quella scatola di cioccolatini?».

Indicai col dito il punto piú alto dello scaffale, all'altezza delle cose irraggiungibili.

Pioveva a dirotto. Ero entrata in pasticceria come facevo sempre quando non sapevo cosa fare.

«Buongiorno, Annetta. Come stai?» mi domandò il negoziante, riconoscendomi. «E la mamma?».

«Mamma è morta, signor Augusto».

Scoppiai a piangere, in un modo che mi parve ridicolo, infantile.

«Mi dispiace… Cos'è successo?».

«Niente» mi sentii dire e, cogliendo subito l'assurdità della risposta, mi soffiai forte il naso. «Soffriva da tempo» aggiunsi, provando a rimediare. Pagai e uscii in fretta.

I funerali si erano celebrati una settimana prima, presenti solo i pochi amici che le erano rimasti. Il sacerdote continuava a parlare del Paradiso, ma io non riuscivo a pensare che al vestito che avevo scelto per Sofia: non era adatto. Avevo voluto tenere come ricordo il suo abito piú bello e ora quel mio desiderio mi sembrava un capriccio ignobile. Sulla bara, poi, avevo fatto sistemare una corona di rose rosse che lei non avrebbe di sicuro approvato. Nessuno dovrebbe morire a settembre, quando non è piú tempo di peonie.

Le sussurrai all'orecchio un ultimo saluto, senza nemmeno dovermi alzare sulle punte: nella morte, con indosso l'abito sbagliato, mia madre era perfettamente, serenamente alla mia altezza. E perciò la sentivo estranea.

Disposi che la bara venisse chiusa prima del tempo.

Morire non è uguale per tutti: la morte scandalosa di Adelina non somigliava alla rassegnazione di mio padre, e questa a sua volta non aveva nulla della maestosa agonia di Sofia Vivier.

Mamma non aveva avuto fretta di morire. Pur avendo corteggiato a lungo la morte, le si era concessa soltanto negli ultimi giorni. Il suo corpo era invecchiato all'improvviso, come se avesse dimenticato di prepararsi alla fine e dovesse, d'un tratto, recuperare il tempo perduto.

Ero uscita per comprare il pane quando decise di andarsene. Tornata a casa, la trovai con le labbra tese in una specie di sorriso. Fui presa da una furiosa gelosia. A chi sorrideva nell'ultimo istante?

Da qui in avanti, dovrei raccontare la mia vita come mia madre raccontava ai medici la sua malattia, al solo fine di ottenerne la «certificazione». Quelle firme scarabocchiate in fondo alle anamnesi garantivano al suo male l'attendibilità che lei stessa non riusciva piú a dargli. («Scriva, dottore. Che qualcuno mi creda…».)

Vivevo nel museo di Sofia Vivier. Il suo fantasma aleggiava in ogni stanza, si nascondeva ovunque. I mobili e i quadri carichi di passato, la copia della *Pietà* poggiata sul marmo del cassettone, gli oggetti presenti e assenti, persino le foglie secche di là dai vetri. Tutto in quella casa celebrava lei.

Non dormivo, però, nel suo letto. Provai a farlo una sola volta, senza riuscire a chiudere occhio. Lo specchio dell'anta centrale dell'armadio, che fino all'ultima notte aveva solennemente riflesso il sonno di mia madre, adesso guardava me, con muta e composta tristezza.

Era un mobile enorme, a cinque ante, in radica e piuma di noce. Papà lo aveva pagato una fortuna. Quando provai a rivenderlo, scoprii però che non valeva piú nulla. Il rigattiere si offrí di portarlo via in cambio di una piccola somma. «Per portarlo dove?» gli chiesi, tormentandomi le dita. L'armadio scricchiolò di disperazione.

Per il resto, come posso ricordare se a quell'epoca volevo solo dimenticare? A volte, dallo stagno del passato emergono due o tre ricordi di fila, altre soltanto uno. Ma spesso, molto spesso, la memoria non me ne concede nessuno. E forse è meglio cosí: non c'è da fidarsi dei ricordi. Proprio quelli che sembrano piú veri si rivelano alla fine i piú bugiardi.

Sono come i sogni, i ricordi: mai del tutto decifrabili, sedie zoppe che non riesci a far star dritte senza qualche piccolo rincalzo.

Nella mia famiglia, sognare non era una cosa naturale: mia madre, mio padre, io stessa venivamo come rapiti dalla notte, sprofondavamo di colpo in un mondo buio, senza immagini. Eravamo fatti cosí, diceva mamma. Non avevamo fantasia.

Era orribile non avere fantasia. Pure, nella tortuosità del mio amore di figlia, gioivo al pensiero che qualcosa ci accomunasse.

Dopo la sua morte, a sorpresa, cominciai però a sognare anch'io. I miei sogni appartenevano all'alba piú che alla notte: sognavo all'ora in cui il signor Augusto infornava i croissant (l'odore arrivava fin nel mio letto). I primi tempi, come in un giocattolo a molla, nella mia testa si caricava il medesimo sogno: nuotavo instancabilmente nell'acqua alta e fredda, senza mai raggiungere la riva. Quasi sentendo di non volere raggiungerla davvero.

Col tempo, la mia scarsa immaginazione si estese ai ricordi, che sempre piú spesso rievocavo in sogno. Ogni notte tornavo a camminare con mia madre, sforzandomi di tener dietro ai suoi passi frettolosi (nel sogno sapevo che era mia madre, anche se di lei vedevo solo la schiena, e la mano pallida che tirava la mia).

Ci inoltravamo in un mondo fatto di case in muratura, larghe pozzanghere e cani sciolti, dai quali mi tenevo prudentemente alla larga. La strada era quella dei lunghi andirivieni dopo la scuola: risentivo il forte odore di letame che esalava dai campi, e che lí s'imponeva su tutto, come l'odore del sangue nei sacrifici.

Camminavo veloce, molto piú veloce di quanto le mie gambe mi permettessero nella realtà, eppure non riuscivo ad affiancarla, a coprire lo spazio che mi separava da lei. In quella rincorsa senza fine, la sua figura sembrava allungarsi, liquida e trasparente come un filamento d'uovo. E io sapevo che mai, neanche in sogno si sarebbe voltata a guardarmi.

Poi, una notte, quest'altro sogno.

Camminavamo ancora insieme, lei davanti e io dietro, affannata. Solo che stavolta vedevo tutto dall'alto, e nel confuso zig-zag del nostro infinito peregrinare riconoscevo un disegno preciso, custodito a memoria nel cuore: la linea che correva sul corpo di Sofia, tra l'inguine e il fianco; la mesta cicatrice lasciatale dall'intervento, dopo l'incidente. Il taglio terribile. L'orribile solco.

(Era questo sognare? Mettere insieme i frammenti, trovare un senso, credere, al risveglio, di avere finalmente capito e allora volere soltanto dimenticare?)

*Songes, mensonges.* Non fidatevi dei sogni.

Mio padre era morto il diciotto aprile, mia madre il due maggio (gli anni non importano). Unite in circolo come un anello, ritrovai anni dopo quelle date in un piccolo libro. Raccontava il viaggio di una nave, scura e solitaria, da Venezia alla Grecia e ritorno, per i quattordici giorni che separano il diciotto aprile dal due maggio.

Per tutta la vita mi lascerò incantare dall'idea che quel viaggio possa ripetersi in eterno.

Fuori l'aria si faceva piú calda, i platani rinverdivano e tutto, tutto continuava esattamente come prima, ignorando l'assenza di Sofia Vivier. Provavo un confuso disagio, come se ci fosse uno sbaglio.

In casa, invece, l'inverno si prolungava, come per inerzia.

Nella cassapanca, chiuso in una bella scatola, ritrovai l'abito da sposa di Sofia Vivier: in pizzo bianco, freddo come ghiaccio.

Nell'armadio i suoi vestiti se ne stavano ordinati sulle grucce. Sofia ne aveva una cura gelosa, maniacale. Sembrava che ora sospirassero ondeggiando al passaggio leggero della mia mano.

Sull'etichetta di lavanderia rimasta attaccata al mio vestito preferito – un abito di velluto nero, straordinariamente bello – si leggevano ancora le lettere sbiadite: «Vivi...».

Le parole non sono innocenti. Nel mezzo di «porcellana» si apre una cella, e solamente una lettera distingue «mare» da «madre», «foglia» da «figlia». Nel cognome di mia madre scoprivo le lettere del perpetuo ritorno: Sofia Vivier, Sofia Rivive.

Tornai nel vecchio negozio di papà, e mi sembrò di non esserci davvero tornata. Tutto lí dentro era differente: piú lucido, lussuoso. Le luci, di una intensità insopportabile, avevano inghiottito la penombra nella quale mi rifugiavo nei pomeriggi afosi.

Biagio, che una volta era il piú giovane dei dipendenti, adesso aveva radi capelli bianchi.

Con un certo imbarazzo, tirai fuori l'abito nero dal sacchetto.

«Avrei bisogno di questa fodera...» dissi, timidamente.

Fece finta di nulla ma sapevo che l'aveva riconosciuta. Nel mondo ordinato delle stoffe, le fodere scontano un destino di mera funzionalità: da loro si pretende misura, discrezione. Nel mondo capovolto di Sofia Vivier – cosí contrario al buon senso pratico – esibivano invece tinte vivaci, sorprendenti, in un gioco tanto ribelle quanto inutile. Quella che avevo portato con me – di un colore fucsia intenso, fastoso – parlava di lei. Anche se niente e nessuno riuscirà mai completamente a parlare di lei. Nemmeno io.

«Dovremmo averne una rimanenza» fece lui, serio. «Quanti metri le occorrono esattamente?». Continuava a fingere di non riconoscermi.

«Un metro basterà».

Sorrise, forse pensando alla mia altezza.

Lo vidi sparire nel retro del negozio.

«Questa?» domandò, tornando dopo qualche minuto con in mano una pezza. Sembrava ansioso di aiutarmi, o forse di mandarmi via.

«Sí, questa va benissimo».

«Ha bisogno d'altro?».

«No, grazie. Va bene cosí…».

E di nuovo gli scorsi un sorriso trattenuto sulle labbra, contro lo sfondo buio degli scaffali.

Mentre preparava il pacchetto, mi accorsi che le mie mani avevano lasciato due grosse impronte sul vetro del bancone. Le guardai con vergogna.

«Ecco a lei».

«Grazie. Arrivederci».

In un attimo fui alla porta. Abbassai la maniglia e spinsi, ma senza risultato. Riprovai, mettendoci piú forza, ma niente: la porta rimaneva chiusa.

«Aspetti, apro da qui».

C'era un comando, dunque. Scorsi di nuovo un lampo di malizia negli occhi di Biagio, lo sguardo che hanno i commessi con i clienti piú deboli, e mi sentii ancora piú ridicola.

Proprio tutto era cambiato: persino quella porta, che un tempo spingevo facilmente per introdurmi nell'ombra fonda del negozio di papà, adesso mi resisteva. Fortunatamente, lo stallo durò solo pochi secondi. Biagio schiacciò l'interruttore e io fui di nuovo in strada.

Non tornai subito a casa, non avevo voglia di rimanere sola con me stessa. Mi giravano nella testa le parole bisbigliate da Biagio, mentre uscivo: «Pazza come la nonna». E quelle dell'altro commesso: «E come la madre».

Amavo la mia casa. Mi piacevano i suoi confini netti, precisi. Conoscevo esattamente il punto in cui quel mondo iniziava – nell'ingresso, con il portaombrelli di ferro e la vaschetta zincata per l'acqua – e il punto in cui terminava – la camera matrimoniale col grande armadio in radica e piuma di noce.

Apparteneva alla famiglia Baldini da quattro generazioni e perciò aveva un'esperienza della vita e della morte ben piú antica della mia. Non osavo immaginare quante persone avesse visto morire, di quanti lutti fosse già stata testimone. Mi affidai a lei come ci si affida a una sorella maggiore. Dopo la morte di mamma, eravamo noi le «sopravvissute».

Dal giorno dei funerali, tutto era rimasto com'era. Rimettere a posto avrebbe significato decidere cosa dar via, cosa tenere, cosa buttare, e anche soltanto l'idea di quell'inventario mi dava un'infinita tristezza. Continuavo a prendere tempo.

Avevo raccolto e riordinato solamente le fotografie, sparse a centinaia in quasi tutti i mobili. Una, trovata in un cassetto in mezzo a tanto altro, l'avevo anche incorniciata.

Mamma agita un braccio, come per salutare: nel movimento, la sua mano sconfina oltre la cornice. Accanto a lei – in piedi, non seduta come al solito – anche io offro all'obiettivo la mia incompletezza. Me ne sto dritta, inconsapevole del vuoto che mi preme sulla testa, il viso inespressivo.

(È raro cogliere noi stessi in momenti in cui siamo totalmente «altro», in cui sembriamo aver dimenticato completamente la nostra identità.)

Sul retro, nell'angolo in basso a destra, Sofia Vivier ha scritto, con la sua bella grafia: «Da scartare».

Fino ad allora, trovandomi davanti a un bivio, mi ero sempre chiesta quale strada avrebbe scelto (naturalmente sbagliando) Sofia Vivier. Stavolta toccava a me sbagliare.

Se di notte, prima di addormentarmi, sommavo tutte le difficoltà, non nutrivo alcuna speranza di resistere (erano i soldi, soprattutto, a tormentarmi), al mattino considerando bene le cose, mi sembrava tutto diverso.

Mi piaceva tornare al suo armadio.

Mamma doveva ricordare la mia attrazione infantile per i suoi vestiti perché è lí che mi fece trovare il suo regalo.

Un rendiconto meticoloso delle «privazioni» di Sofia Vivier mi aspettava nascosto in una delle sue borse (forse la stessa dalla quale avevo visto Valerio attingere per l'ultima volta). Mi ci volle un po' per capire il senso di quelle cifre incolonnate: decine e decine di versamenti su un libretto di risparmio, il primo dei quali risaliva al giorno del mio primo compleanno. L'importo totale mi lasciò a bocca aperta.

Pensai ai tanti oggetti comprati e rivenduti, quelli che il grande gioco di prestigio di mia madre aveva trasformato prima in fantasmi e poi di nuovo in denaro, facendo di me, adesso, l'erede di una inimmaginabile fortuna.

137

Sul libretto il mio nome era scritto a macchina, la B di Baldini curiosamente marcata, proprio come mamma lo scriveva sulle giustificazioni delle assenze a scuola: calcando improvvisamente la penna sul foglio subito dopo «Anna», con un fremito di istintiva ripulsa.

Ritrovai anche il taccuino nero con i bordi profilati di rosso che una volta era sul tavolino dello studio (e che, da quando mi ero trasferita in quella stanza, non avevo piú visto). Riconobbi la grafia di mia madre. Nel taccuino erano annotati tutti gli oggetti venduti nel corso degli anni. Alcuni non ricordavo di averli mai visti: dovevano aver lasciato la casa prima ancora di esserci entrati.

Scoprivo che dopo tutto a Sofia Vivier abbandonare era riuscito magnificamente (possedere e abbandonare: le due cose per lei erano intrinsecamente legate, ne aveva ugualmente bisogno). In un anno, era riuscita a ricavarne cinquanta milioni. Stando alle date, papà era ancora vivo, ma sono certa che non ne sapesse nulla. Quello era un dramma recitato dietro le quinte del teatro di mia madre.

Provai a fare ordine in casa, ed ero cosí occupata che i primi giorni chiesi al signor Augusto di portarmi su qualcosa da mangiare: se avesse potuto risparmiarmi di uscire gliene sarei stata grata, gli dissi. Mi accorsi che, dopo avermi consegnato sull'uscio il cartoccio di pastarelle, lanciava occhiate curiose nello spazio alle mie spalle. Senza malizia, forse un po' preoccupato.

Mi sentivo come una scolaretta che attende di essere interrogata.

«Tutto bene, Annetta?».

«Sí, signor Augusto. Va meglio, grazie».

Pensai che mi vedesse cambiata.

In effetti, anch'io mi sentivo diversa.

Si può cambiare da un giorno all'altro? Forse no. Ma capita che il nuovo io ti covi dentro per anni, pazientemente, in silenzio, senza che tu ne avverta la presenza; cosí che, quando d'improvviso poi si manifesta, i suoi effetti sono già sedimentati nel tuo animo, inscindibili da te. Quell'«altro» ha mangiato e bevuto accanto a te, si è seduto con te sul bordo del letto nelle tue notti insonni, mentre il mondo ti dimenticava e i fiori nascevano e appassivano, e l'eterno scandalo del divenire, della vita e della morte, si replicava ovunque eternamente, ovunque uguale.

Di colpo, sparisce ciò che sei sempre stato, ciò che credevi di essere da sempre. Di colpo, il confine tra il prima e il dopo è definitivamente cancellato.

Trovai altre «fotografie» di lei: lastre radiografiche, risonanze magnetiche, Tac che immortalavano le sue oscure cavità, all'epoca già invisibilmente corrose dalla malinconia.

Le disposi contro i vetri della finestra, una accanto all'altra: il fantasma di Sofia Vivier si stagliò allora leggero sullo sfondo rossiccio dei platani.

All'interno del salotto, l'ombra luminescente del suo fragile corpo – il bacino, i polmoni, l'encefalo – si posò invece su di me. In un gioco da illusionista, era di nuovo lí, tutta intera, davanti ai miei occhi.

Eppure: cosa c'era davvero di lei? Dov'erano la fronte accigliata, il sorriso distratto, lo sguardo perduto sopra la mia testa?

Nella casa di fronte alla mia si era trasferita da poco una giovane donna con sua madre.

Ogni sera, abboccavo all'esca delle loro finestre illuminate: una inquadrava la sala da pranzo, l'altra una parte del salotto. Era il mio spettacolo privato, un mondo in cui io non sarei mai entrata cosí come non si entra in un film, e che semplicemente osservavo da lontano.

Non conoscevo che quei pochi momenti delle loro giornate, ma bastavano a farmene indovinare la felicità. L'accoglienza amorevole della madre quando la figlia rientrava dal lavoro, le lunghe chiacchierate a cena, la condivisione dei programmi per il giorno dopo. La vita, insomma.

Invidiavo le risate che, sulle loro labbra, sembravano un accessorio naturale della felicità e sulle mie, invece, parevano insensate, grottesche. (Quando sei solo, anche ridere ti è negato.)

Finché una sera la figlia se ne accorse: si fermò al centro della stanza e guardò fisso nella mia direzione. Dovetti sembrarle straordinariamente piccola, nel riquadro della mia finestra.

Non accostava mai le tende, e io mi chiedevo perché. Per capriccio, vanità o cos'altro? Una sera, quando la vidi interrompere per un attimo la conversazione con la madre e volgere la testa verso di me, accennai un saluto con la mano. E mi parve che lei mi rispondesse.

Scoprii il piacere del recedere.

Come prima cosa mi proibii la loggia sul tetto, dove con mamma avevo trascorso tante ore al fresco della sera (prima che lei si ammalasse e iniziasse ad avere sempre freddo). La piccola terrazza spalancava la vista sulle montagne che circondavano la città, ma i miei occhi erano soprattutto attratti dal vuoto là in basso, dal salto che mi riempiva di terrore.

Per lo stesso motivo mi proibii il balcone che affacciava sul corso e dal quale si vedeva il negozio che era stato di mio padre.

Mi proibii anche il cortile interno, dov'era il portone dalla serratura arrugginita e dove, sotto una pianta di limoni, scorreva l'acqua perennemente gelida di una vecchia fontana.

Nonostante il tempo ne avesse guastato la bellezza, il nostro palazzo conservava ancora molti spazi piacevoli cui rinunciare.

Cominciai poi a non entrare piú in alcune stanze.

Il primo rifugio della mia vita domestica fu il salotto, l'ultimo il piccolo studio diventato da tempo la mia stanza.

Tutto convergeva da sempre verso quella camera, per me tanto speciale, dove Sofia Vivier aveva coltivato la sua infelicità.

Da lí non si vedeva il cielo. Soltanto un pezzetto di strada e la facciata grigia della casa di fronte, con le due finestre all'altezza della mia.

Come un cane legato alla catena, mi aggiravo intorno al mio letto. Tanto occupata a giocare con l'immaginazione che non riesco a ricordare, ora, come passassi le mie giornate.

Leggevo. Nello studio c'era una vecchia libreria: solo pochi ripiani, i libri rivestiti con la stessa legatura in mezza pelle marrone. Avevo scoperto ormai da anni che appartenevano a mio padre, o meglio alla sua famiglia (non a mia madre, come da bambina avevo immaginato).

Mia madre forse non aveva mai letto quei libri, forse nemmeno conosceva la poesia che avevo ricopiato nel diario e che non era piaciuta a suor Agnese. Era stato tutto un inganno della mia mente.

Li lessi tutti piú volte. *Wakefield* e *Bartleby lo scrivano*, in particolare.

Lessi e rilessi anche un libro di poesie di Apollinaire. Continuavano a piacermi le poesie, il loro andare a capo volontario, senza giungere alla fine del rigo. Giunto a un certo punto, il verso si interrompe. È quello il suo limite. Le labbra, allora, sperimentano il silenzio.

Tra me e la donna della casa di fronte si era avviata intanto una corrispondenza fatta solo di gesti e rapidi sguardi.

Capitava a volte che, dopo che la madre era andata a letto, lei si avvicinasse alla finestra del salotto, lasciando che la luna le illuminasse il viso. Allora facevo istintivamente scivolare le dita sul vetro, come per accarezzarla.

Quante cose avevamo in comune. Com'era simile a me. Quando mi svegliavo, scoprivo che era sveglia anche lei. Le sue notti erano insonni come le mie. A volte mi sembrava di vedere riflessa, sui vetri della sua finestra, la mia stessa vita.

Mi domandai se anche la sua casa avesse delle porte che non venivano mai aperte.

Chiusi a chiave una dopo l'altra le stanze (sentivo che me ne davano il permesso, mi si arrendevano con sollievo), finché la casa si ridusse alla mia camera, alla cucina e al minuscolo bagno accanto al tinello.

Dietro ogni porta, accostati anche gli scuri, tutto restò al buio, nemmeno un filo di luce, fino a sparire completamente: poltrone, divani, letti, armadi. Immaginai che i mobili potessero sentire i miei passi allontanarsi nel corridoio.

Il silenzio che regnava adesso nella casa (nella mia ipotetica casa, fatta di fantasmi dietro porte chiuse), un silenzio pieno di intimità e reciproca compassione, non aveva nulla a che vedere con quello che c'era sempre stato tra me e mia madre, carico solamente d'incertezza.

Evocando le stanze nella mia memoria, continuavo a vederle ancora integre e perfette, senza nessun segno di deterioramento. Presi a giocare con loro quel gioco iniziato col mio diario anni prima (secoli prima, mi pareva): le moltiplicavo nel pensiero, ritagliavo nel loro perimetro altre minuscole stanze, visibilmente connesse le une alle altre, eppure tutte irraggiungibili. Stanze da angeli.

Anche quella della donna alla finestra, riflessa

nei vetri, era una stanza segreta contenuta nella mia (cosí come la mia era una stanza segreta contenuta nella sua, pensai). C'era un passaggio che le univa? Dove?

Aspettavo che scendesse la sera senza accendere la luce: guardavo la mia ombra crescere sempre di piú, fino a ricoprire la parete intera. In quel preciso momento della giornata, diventavo grande anch'io. Piú grande di mio padre, piú grande persino di mia madre.

E, tutt'intorno, anche dietro le porte chiuse, soltanto il vuoto regnava. Un vuoto nobile e grande, abitato dai fantasmi di tutti gli oggetti ai quali Sofia Vivier aveva affidato il mio futuro.

Apparteneva a quel vuoto anche la nuova quiete nella casa di fronte. La donna aveva lasciato le imposte aperte, ma le luci erano sempre spente. Era chiaro che non sarebbe piú tornata.

Da mesi, ormai, mi specchio nei vetri delle sue finestre e da lí guardo la mia vita. Nelle finestre degli altri, la vita sembra piú bella.

Lasciate che i giaggioli siano gialli, che gli iris siano azzurri, che i piccoli restino piccoli per l'eternità.

Ridotti alla loro esatta dimensione, i miei giorni sono entrati tutti in quel diario di ragazzina, dal primo all'ultimo: giorni timidi, discreti, scritti a memoria e senza inchiostro. E mi pare resti ancora spazio.

I sogni, le ombre, i pensieri, gli odori, i tradimenti, la malattia, la vita e la morte, tutto è scivolato tra le pagine: rimpicciolito, ma senza perdere un millimetro della sua grandezza.

Sempre, alla fine, di tutto resta solo il nocciolo, come di una casa rimane solo una piccola stanza. Persino il mio corpo ha scelto per me l'essenziale, sapeva di non essere nato per grandi cose.

Qui, dove mi pare che anche la pena allenti la sua morsa, sussurro la parola fine. A metà rigo, a lettere minuscole.

# Ringraziamenti

È questa l'unica pagina che vorrei più grande delle altre. La pagina della gratitudine, il magnifico finale.

Ringrazio:

*Francesco Verde*, primo lettore attento e sapiente di questo romanzo, per essermi fratello in tanti modi.

*Veronica Raimo* per essermi stata daimon.

*Roberto Cotroneo* e *Giuseppe Russo* per aver compreso questo libro meglio di me.

Ringrazio Fleur Jaeggy per avermi insegnato l'arte della rinuncia sulla pagina; Rachele Laurienzo, mia amica e maestra di parole; Massimo Gatta, che ha amato per primo il mio segreto «diario»; Beppe Cova che mi ha donato le parole più belle di mia madre; Emanuela Cocco che vorrei accanto a me, in ogni libro; Mariella e Marisa per le moltissime buone cose che fanno eterna un'amicizia. Ringrazio Alex Oriani, mio compagno nella vita e nella letteratura, per la comprensione, per le vacanze saltate, per la sua sapienza in fatto di plot e punti di svolta delle storie e per essere autore della svolta più importante della mia vita.

Questo romanzo è nato in una scuola di scrittura, Molly Bloom. Un pomeriggio, a lezione, Leonardo Colombati ha detto una frase che ha fatto correre con più naturalezza la mia mano sulla pagina (e che poi, entrambi, abbiamo avuto il pudore di dimenticare).

In uno «smorzando», come nella *Sinfonia degli addii* di Haydn, pronuncio i nomi di Anna, Luigi e Lorenza. Con loro, questa pagina è più bella.

Stampato per conto di Neri Pozza Editore
da Grafica Veneta S.p.A., Trebaseleghe (Padova)
nel mese di ottobre del 2022
Printed in Italy


Questo libro è stampato col sole

Fabbricato da Grafica Veneta S.p.A. con un processo di stampa e rilegatura
certificato 100% carbon neutral in accordo con PAS 2060 BSI